AF358907

LE RÔLE DE L'ART

D'APRÈS TOLSTOÏ

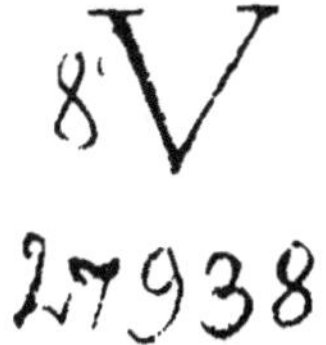

E. HALPÉRINE-KAMINSKY

LE RÔLE DE L'ART

D'APRÈS TOLSTOÏ

EXTRAIT DU *CORRESPONDANT*

PARIS

DE SOYE ET FILS, IMPRIMEURS

18, RUE DES FOSSÉS-SAINT-JACQUES, 18

1898

LE RÔLE DE L'ART

D'APRÈS TOLSTOÏ

Le comte Léon Tolstoï publie en ce moment, dans l'importante revue de Moscou : *Questions de philosophie et de psychologie*, une longue étude intitulée : *Qu'est-ce que l'art ?* Comme tout ce qu'écrit Tolstoï, son nouvel ouvrage abonde en aperçus neufs, que d'aucuns jugeront paradoxaux parce que le penseur russe heurte, comme de coutume, les convictions et les conventions traditionnelles, les idées reçues des classes cultivées, des « hautes classes » selon son terme.

Aussi bien, le sujet traité par l'auteur de tant de chefs-d'œuvre artistiques, l'étendue du champ observé, la manière inédite de poser et de résoudre la question, ajoutent à l'importance de l'écrit et en font un événement littéraire qui n'est pas limité à la seule Russie. Le *Correspondant* a donc jugé intéressant de faire connaître cette œuvre à ses lecteurs, et je vais la résumer, — laissant le plus souvent la parole à l'auteur, — avant même l'achèvement de sa publication en russe et l'apparition de la traduction française.

Tolstoï commence par indiquer la place de plus en plus large que prend l'art dans la société moderne :

« Pour favoriser l'art en Russie, où il n'est dépensé pour l'instruction publique que la centième partie de ce qui serait nécessaire afin de procurer à chacun la possibilité de s'instruire, le gouvernement accorde des millions de roubles en subvention aux académies, conservatoires et théâtres. En France, 20 millions de francs sont consacrés à l'encouragement de l'art, et les mêmes libéralités sont faites en Angleterre et en Allemagne.

« Dans toute grande ville des constructions monumentales sont érigées pour loger des musées, des académies, des conservatoires, des écoles dramatiques, des théâtres, des salles de concert. Des milliers d'ouvriers : charpentiers, maçons, peintres, menuisiers, tapissiers, tailleurs, coiffeurs, bijoutiers, mouleurs, imprimeurs, passent leur vie entière à de durs travaux pour satisfaire aux exigences de l'art; aucune autre activité humaine, sinon celle de l'armée, n'absorbe autant d'énergie.

« Il y a plus : non seulement une grande somme de travail est dépensée pour faire vivre l'art, mais encore des vies humaines, comme à la guerre, y sont sacrifiées. Des centaines de milliers d'hommes consacrent leur existence, dès leur jeune âge, pour apprendre le métier de faire agilement pirouetter leurs jambes (danseurs); de frapper habilement des touches et des cordes (musiciens); de reproduire par la peinture ce qu'ils voient (peintres); de jongler avec les mots, de les faire résonner en rimes. Et ces hommes, souvent bons, intelligents et aptes à un travail utile, s'isolent dans leurs occupations exclusives et abrutissantes, restent étrangers à toutes les manifestations importantes de la vie et deviennent des spécialistes bornés, satisfaits d'eux-mêmes; ils ne savent que faire tourner rapidement leurs jambes, leurs langues ou leurs doigts. »

Et Tolstoï fait, à l'appui, la mordante esquisse d'une répétition théâtrale à laquelle il a assisté, celle d'un des opéras ordinaires qui sont représentés « sur toutes les scènes d'Europe et d'Amérique » :

« J'arrivai au moment où le premier acte avait déjà commencé. Avant de rentrer dans la salle, je dus passer par les coulisses. On me conduisit à travers un dédale de corridors et de passages souterrains d'un énorme bâtiment à décors, où, dans la mi-obscurité et la poussière, j'aperçus des ouvriers qui travaillaient. L'un d'eux, le visage amaigri, les mains crasseuses et rongées par le travail, les doigts ankylosés, vêtu d'une blouse sale, visiblement fatigué et de mauvaise humeur, passa auprès de moi, réprimandant un des manœuvres. Après avoir monté un escalier sombre, je me trouvai sur la partie de la scène cachée par les coulisses. Au milieu d'un monceau de décors, de perches, de toiles et d'anneaux, se tenaient et se mouvaient des dizaines, sinon des centaines d'hommes maquillés et vêtus de costumes collant sur les cuisses et les mollets, et les femmes, comme toujours, aussi dévêtues que possible. C'étaient là les chanteurs, les choristes et les danseuses qui attendaient leur tour.

« Mon guide me conduisit à travers la scène et, de là, par un pont de planches jeté par-dessus l'orchestre, vers les stalles sombres du parterre. L'orchestre était composé d'une centaine de musiciens jouant de tous les instruments, depuis la cymbale jusqu'à la flûte et la harpe. Devant un pupitre et entre deux lampes à réflecteur, était assis le directeur de la partie musicale, conduisant, la baguette à la main, l'orchestre, les chanteurs et, en général, toute la représentation.

« A mon arrivée, la répétition avait déjà commencé. Une procession d'Indiens venait d'amener la fiancée à la maison. Des hommes et des femmes travestis, et, surtout, deux hommes en veston, s'agitaient et parcouraient la scène; l'un était le régisseur de la partie dramatique, et l'autre, fort agile, était le maître de danse. Ce dernier gagnait par mois plus que dix travailleurs ne gagnent par an.

« Les trois chefs dirigeaient le chant, l'orchestre et la marche du cortège. Suivant la règle, le cortège était disposé par couples portant sur les épaules des hallebardes en étain. Ils partaient tous d'un endroit, faisaient le tour de la scène, puis s'arrêtaient. Le cortège fut long avant d'évoluer avec ensemble. D'abord, les Indiens aux hallebardes arrivaient trop tard ou trop tôt; quand ils venaient enfin à temps, ils se massaient trop à la sortie; ensuite, ils ne se massaient plus, mais se rangeaient mal sur les côtés de la scène, et, chaque fois, la représentation s'arrêtait et l'on recommençait tout. Avant le cortège, un homme, habillé en manière de Turc, chantait un récitatif et ouvrait la bouche d'une façon bizarre : « J'a-a-emmène la fiancée-e-e à la maison. » Il chantait et agitait le bras nu qu'il sortait de dessous son manteau.

« La procession recommence; mais voici que le cor, en accompagnant le récitatif, commet quelque faute; le chef d'orchestre en frémit, comme si quelque catastrophe, s'était produite, frappe avec son bâton sur le pupitre; tout s'arrête, et le chef, se tournant vers l'orchestre, injurie le cor comme un cocher son client. De nouveau tout recommence : les Indiens avec leurs hallebardes reviennent, marchant doucement dans leurs étranges chaussures, le chanteur reprend : « J'a-a-emmène la fiancée-e-e à la maison. » Mais voici que les couples se sont trop rapprochés les uns des autres. Coup de bâton, invectives, recommencement. Encore : « J'a-a-emmène la fiancée-e-e à la maison », geste du bras nu sortant de dessous le manteau, marche cadencée des couples, hallebardes sur l'épaule, visages tristes et sérieux ou animés et souriants; on se range en cercle, on recommence à chanter. Cette fois, tout semble aller bien; mais voici que le bâton frappe de nouveau et que le chef d'orchestre, d'une voix blanche de colère, se met à malmener les choristes des deux sexes. Il paraît que, tout en chantant, ils ont négligé de lever leurs mains de temps à autre pour montrer qu'ils n'étaient pas en bois. « Vous restez comme « des momies, pas un mouvement! Vous dormez donc? Ah! les vaches! »

« On recommence, et les choristes, mornes, chantent et lèvent les mains, chacun à son tour. Mais voici que deux jeunes filles se parlent; un coup de bâton, plus violent que les autres. — C'est pour bavarder, que vous êtes venues ici? Vous n'avez pas assez de vos cancans chez vous? — Hé, vous, là-bas! pantalon rouge, approchez, regardez-moi. Recommencez! « J'a-a-emmène, etc... » Et cela continue ainsi, une, deux, trois heures de suite.

« La répétition dure six heures. Coups de bâtons, reprises, indications aux chanteurs, musiciens, danseurs, figurants, le tout fréquemment entremêlé de jurons les plus grossiers : « ânes, fous, idiots, cochons ». Et le malheureux injurié, musicien ou chanteur, mutilé de corps et d'esprit, ne réplique rien et refait pour la vingtième fois ce qu'on lui demande. Les chefs savent bien que ces gens sont abrutis au point de ne plus savoir que souffler dans des trompettes, ou aller et venir, hallebarde sur l'épaule, souliers jaunes aux pieds. En même temps, ils sont tellement habitués à cette bonne et facile existence que, pour ne pas y renoncer, ils se plient à toutes les fantaisies des chefs. Aussi, ces chefs donnent-ils libre cours à leur grossièreté, surtout quand ils ont déjà assisté aux répétitions à Paris ou à Vienne et y ont pu remarquer que ce sont là procédés de tout régisseur qui se respecte, une tradition des grands metteurs en scène qui, entraînés par leur art, n'ont pas le temps de se soucier de la dignité des serviteurs de ce même art.

« Il serait difficile d'assister à un spectacle plus répugnant. »

Cet exemple et d'autres encore, tel que le ballet, etc., montrent qu'il existe toute une catégorie de gens au service d'un art inutile, immoral, le plus souvent absurde, car aucun homme de bon sens ne peut être ému par des spectacles pareils.

Tolstoï se demande de qui ces distractions peuvent faire les délices et si ces œuvres musicales ou chorégraphiques font vraiment partie de l'art. D'ailleurs, l'art en général, bon ou mauvais, doit-il avoir une importance démesurée au point d'absorber le travail de millions d'êtres humains, alors surtout qu'il devient chaque jour plus incertain, moins compréhensible à la grande majorité des hommes? Ses adeptes mêmes l'interprètent contradictoirement et s'excommunient entre eux.

Enfin, on met au service de l'art, non seulement la bonne volonté des rares fervents, mais encore le travail forcé d'une multitude qui n'en a aucune idée, et même sans que personne connaisse son utilité et son but.

« En effet, ajoute l'auteur, il est effrayant de penser que l'art, auquel on fait tant de sacrifices, soit peut-être une œuvre non seulement inutile, mais encore nuisible.

« La société où l'art naît et se développe doit donc savoir

d'abord si ce qui est présenté comme une œuvre d'art l'est réellement, si cet art est aussi nécessaire qu'on le croit et s'il vaut les nombreux sacrifices qu'il exige. »

« Tout artiste consciencieux doit se pénétrer, mieux que les autres hommes, de cette vérité, afin de s'assurer que tout ce qu'il fait a un sens pratique, indiscutable et n'est pas la conséquence des idées reçues et accréditées dans le cercle limité où il vit. Il doit s'assurer que son œuvre est réellement utile et bonne, et qu'elle justifie une existence, le plus souvent luxueuse, qu'il doit au travail de tant d'êtres humains. »

Mais alors une question se pose : qu'est-ce que l'art?

« Comment, qu'est-ce que l'art? C'est l'architecture, la sculpture, la peinture, la musique, la poésie sous toutes ses formes, répondra le bon public, l'amateur et l'artiste lui-même, persuadés qu'ils sont que l'art est nettement et également compris de tous.

« Mais, ferez-vous remarquer, il existe en architecture de simples constructions qui ne sont pas considérées comme des œuvres d'art, et d'autres qui, tout en ayant cette prétention, sont manquées et qui, par suite, ne peuvent avoir un caractère artistique. »

Il en est de même pour la sculpture, la musique et la poésie. Comment s'y orienter, comment établir une limite certaine entre l'œuvre utile, vraiment artistique et celle qui ne l'est pas?

« L'homme d'une culture moyenne, et même l'artiste qui ne s'est pas occupé spécialement d'esthétique, ne s'embarrassera pas de cette question. Il est persuadé que la solution a été trouvée depuis longtemps, qu'elle est bien connue de tous.

« L'art est une activité qui produit la beauté », répondra-t-il. « Si c'est la définition de l'art, le ballet, l'opérette, y sont-ils compris? » demandez-vous. « Oui », répondra-t-il encore, cette fois avec une certaine hésitation : « Un ballet d'un parfait ensemble, ou une charmante opérette sont également de l'art en tant qu'ils donnent l'impression de la beauté. » Mais, sans demander à l'homme moyen ce qui différencie un ballet ou une opérette réussis de ceux qui ne le sont pas, — question à laquelle il lui serait difficile de répondre, — vous le questionnez simplement sur la possibilité de considérer comme une production artistique, par exemple, le travail du costumier, du coiffeur, du parfumeur ou du cuisinier; il leur refusera le plus souvent la qualité d'artiste.

« Il est vrai que cet homme moyen se trompera parce qu'il n'est pas spécialiste, qu'il ne s'est pas occupé des questions esthétiques. S'il s'en était occupé, il aurait pu voir dans le *Marc-Aurèle* de Renan, une dissertation sur l'œuvre du tailleur, considérée comme un véritable art, et où l'écrivain français taxe de fort bornés les hommes qui ne voient pas dans la parure de la femme un produit du sens artistique. « C'est le grand art », dit-il.

Tolstoï cite encore le savant allemand Kralik, d'après lequel l'art résulte de l'impression esthétique des cinq sens. Il existe donc : l'art du sens du goût, du sens olfactif, du toucher, de l'ouïe, de la vue.

La définition de l'art du goût intéresse particulièrement Tolstoï. Il reproduit d'abord ce passage de Kralik : « C'est un travail artistique, certes, que celui où l'art culinaire transforme le cadavre d'un animal en un mets qui satisfait le goût. Le principe de l'art du goût (qui s'étend plus loin que l'art dit culinaire) est donc celui-ci : « Tout ce qu'on peut manger doit symboliser une idée et doit être, chaque fois, en accord avec l'idée à exprimer. »

L'écrivain français Guyau dit aussi, dans ses *Problèmes de l'esthétique contemporaine* : « Si la couleur manque au toucher, il nous fournit, en revanche, une notion que l'œil seul ne peut nous donner, et qui a une valeur esthétique considérable, celle *du doux, du soyeux, du poli.* Ce qui caractérise la beauté du velours, c'est sa douceur au toucher non moins que son brillant. Dans l'idée que nous nous faisons de la beauté d'une femme, le velouté de sa peau entre comme élément essentiel. Chacun de nous, probablement, avec un peu d'attention, se rappellera des jouissances du goût qui ont été de véritables jouissances esthétiques. »

« Ainsi, la conception de l'art, comme manifestation de la beauté, fait observer Tolstoï, n'est pas du tout si simple qu'elle paraît, surtout aujourd'hui, lorsqu'on fait entrer dans l'idée de la beauté, nos sensations du toucher, du goût et de l'odorat, comme les spécialistes modernes d'esthétique le font.

« Mais l'homme moyen ne connaît ou ne veut pas connaître ces subtilités, et il est fermement convaincu que toutes les questions d'esthétique peuvent être simplement et clairement résolues en reconnaissant la beauté comme but de l'art.

« Pour lui, il est clair et net que l'art consiste à révéler la beauté, et que par la beauté s'expliquent toutes les manifestations artistiques.

« Mais qu'est-ce que cette beauté qui détermine l'art? Comment la définir, à son tour? »

Or, non seulement un homme de culture moyenne est incapable de la définir, mais encore tous les spécialistes en esthétique, depuis la fondation de cette prétendue science jusqu'à nos jours, ont été impuissants à l'indiquer exactement.

Cette impuissance est le résultat de l'absence d'un critérium stable chez les écrivains qui ont donné des définitions de la beauté; aussi sont-elles nombreuses, obscures et contradictoires. Pour le montrer, Tolstoï passe en revue les divers systèmes d'esthétique préconisés depuis Baumgarten, — qui, en 1750, a jeté les premières bases de la science du beau, — jusqu'à nos jours. Il conseille de lire quelque bon ouvrage sur l'esthétique, pour se rendre compte de l'anarchie qui règne dans ce domaine, sans se fier aux affirmations d'autrui. A cet effet, il recommande particulièrement les livres de Kralik, en allemand; de Knight, en anglais, et de Lévêque, en français. C'est d'après eux, et surtout d'après l'ouvrage de Schasler, *Kritische Geschichte der Æsthetik*, paru en 1872, que Tolstoï expose longuement les innombrables théories esthétiques des philosophes allemands, français, anglais, italiens et hollandais. Il cite les écrivains tant du dix-huitième siècle que ceux du dix-neuvième, les chefs d'écoles : Baumgarten, Kant, Winckelmann, Lessing, Gœthe, Schelling, Hegel, Schopenhauer, en Allemagne; le P. André, Batteux, Diderot, d'Alembert, Voltaire, Cousin, Jouffroy, Ravaisson, Taine, Guyau, Véron, en France; Shaftesbury, Hutchison, Hume, Burke, Reid, Erasme Darwin, le grand-père du célèbre naturaliste, Charles Darwin lui-même, Knight, Spencer, Morley, Grant Allen, en Angleterre; Pagano, Muratori, Spaletti, en Italie; Hemsterhuis, en Hollande. J'en passe presque autant parmi les anciens et les modernes les moins importants, car Tolstoï, consciencieux jusqu'à la minutie, analyse même les théories des tout nouveaux : Mario Pilo (1895); H. Fiérens Gevaert (1897) et Sâr Péladan, ce dernier parce que son livre « fantaisiste », *l'Art idéaliste et mystique*, est caractéristique « en raison de son succès auprès d'une partie de la jeunesse française ».

« Quelle est la valeur de ces définitions de la beauté? se demande ensuite Tolstoï. En ne tenant pas compte de celles qui sont absolument inexactes, qui ne répondent pas à la conception de l'art, c'est-à-dire celles qui la voient tantôt dans l'utilité, tantôt dans la rationnalité, tantôt dans la symétrie, dans l'ordre, la proportion, le poli, l'harmonie, dans l'unité de la variété ou dans diverses combinaisons de ces principes; en ne tenant pas compte de toutes ces tentatives infructueuses de définitions objectives, les thèses sur l'esthétique que nous venons d'analyser nous conduisent à deux systèmes fondamentaux : le premier voit dans la beauté un principe ayant une existence propre, une des manifestations du parfait absolu : de l'Idée, de l'Esprit, de la Volonté, de Dieu; le second se représente la beauté comme le résultat d'un plaisir éprouvé par nous sans avantage personnel.

« L'exactitude de la première de ces définitions a été admise par Fichte, Schelling, Hegel, Schopenhauer, et par les philosophes français : Cousin, Jouffroy, Ravaisson, sans parler des écrivains de second ordre. Cette même définition objective, mystique, de la beauté est adoptée par la majorité des hommes cultivés de nos jours. Elle fut fort répandue surtout parmi les penseurs de la génération qui nous a précédés.

« Le deuxième système, celui du plaisir que la beauté nous procure, a trouvé faveur parmi les écrivains anglais, et auprès d'une partie de notre société, principalement de la plus jeune... »

« ... Quelle est donc, en somme, l'idée de la beauté servant à définir l'art et à laquelle s'attachent avec tant d'opiniâtreté les hommes de notre société et de notre temps?

« Au point de vue subjectif, nous appelons beauté ce qui nous procure tel ou tel plaisir; au point de vue objectif, nous appelons beauté le parfait absolu, et nous le reconnaissons comme tel parce que nous en éprouvons un plaisir défini. Ainsi, la définition objective n'est autre qu'une définition subjective autrement exprimée. En somme, l'une et l'autre conception de la beauté se réduisent à la sensation d'une certaine jouissance, c'est-à-dire nous reconnaissons comme beau ce qui nous plaît, sans provoquer en nous un sentiment intéressé.

« Il semblerait dès lors tout naturel que l'esthétique refuse de se contenter d'une définition d'art basée sur la beauté (c'est-à-dire sur ce qui plaît) et en cherche une autre plus générale, s'appliquant à toutes les productions artistiques, permettant de décider si un certain objet appartient ou non au domaine de l'art. Or, cette définition ne nous est donnée dans aucune des citations que je fais plus haut, et le lecteur pourrait s'en convaincre mieux encore par la lecture des traités d'esthétique que j'ai mis à contribution.

« Toutes les tentatives pour définir la beauté absolue, considérée soit comme une imitation de la nature, soit comme une concordance entre les parties, comme une symétrie, harmonie, unité dans la variété, etc., ou bien ne définissent rien, ou définissent seulement certains caractères de certaines œuvres, et sont loin de comprendre tout ce que chacun a considéré et considère encore comme art... »

« ... Quelques esthéticiens, sentant l'insuffisance et l'inconstance de leur définition, ont cherché à lui donner une base solide. Ils se sont demandé pourquoi une chose plaît et ont transformé (Hutchison, Voltaire, Diderot et d'autres) la question de la beauté en question du goût. Mais toutes les tentatives pour définir à son tour, le goût ne peuvent nous conduire à rien, comme le lecteur peut s'en assurer et par l'histoire de l'esthétique, et par sa propre expérience; il est impossible d'expliquer pourquoi telle chose plaît à l'un et déplait à l'autre. Aussi, toute l'esthétique moderne ne nous donne pas, en tant que science, ce que nous étions en droit d'attendre d'elle, c'est-à-dire la définition des qualités et des lois de l'art ou du beau. Elle ne nous dit pas si le beau est la base de l'art ou celle du goût, au cas où le goût décide des qualités de l'art. Ces lois une fois établies, nous aurions pu reconnaître comme artistiques les œuvres qui sont conformes à ces lois et rejeter celles qui y sont contraires. »

Les théoriciens de l'esthétique procèdent tout autrement :

« Une série d'œuvres qui, pour une raison ou une autre, plaisent à une certaine catégorie d'hommes, sont reconnues comme artistiques; ce n'est qu'ensuite que l'on imagine une définition de l'art qui puisse s'adapter à ces œuvres. J'ai trouvé un exemple remarquable de cette méthode dans un très bon ouvrage allemand, l'*Histoire de l'art au dix-neuvième siècle*, par Muther. Parlant des préraphaélites, décadents et symbolistes, déjà compris dans le canon artistique, loin de blâmer leurs tendances, il élargit les règles de ce canon pour y faire entrer toutes ces écoles représentant, pour lui, une réaction légitime contre les excès du naturalisme.

« Ainsi, quelles que soient les insanités qui se produisent, une fois admises par notre société, on s'empresse de créer une théorie qui les explique et les sanctionne, et cela malgré l'expérience du passé nous montrant des périodes entières où l'on admettait un art laid, faux et absurde, et qui n'a laissé aucune trace après lui.

« La théorie fondée sur la beauté, expliquée dans les traités d'esthétique et obscurément professée par le public, n'est donc autre chose que la reconnaissance comme bon de ce qui plaît seulement à nous, catégorie d'hommes limitée.

« Lorsqu'on veut définir une branche de l'activité humaine, il est nécessaire d'en rechercher le sens et la portée. Pour le faire, il est d'abord indispensable d'étudier cette activité en elle-même, dans la dépendance de ses causes et effets, et non exclusivement dans ses rapports avec les plaisirs qu'elle nous fait éprouver.

« Si nous disons que le but d'une certaine activité est seulement notre plaisir, et si notre définition ne repose que sur lui, elle sera évidemment fausse. C'est ce qui a lieu pour la définition de l'art. En effet, en examinant les questions de nourriture, par exemple, personne ne s'imagine de voir dans le plaisir de manger la fonction principale de la nutrition. Tout le monde comprend que la satisfaction de notre goût ne peut servir de base à notre définition du mérite de la nourriture; ou alors nous avons le droit de croire que les plats assaisonnés de poivre de Cayenne, que les alcools, etc., qui nous plaisent, forment la meilleure des nourritures!

« De même la beauté, c'est-à-dire ce qui nous plaît, ne peut, en aucune façon, servir de base à une définition de l'art, et une série d'objets qui nous procurent le plaisir ne peut nous servir de modèle artistique. Voir le but de l'art dans le plaisir que nous éprouvons, c'est imiter les hommes d'une moralité primitive, comme les sauvages qui voient le but de la nourriture dans le plaisir qu'ils en reçoivent. »

Ce n'est donc pas le plaisir que nous procure une œuvre ni le goût qui peuvent décider de la beauté. Ils ne peuvent pas servir à la définition du véritable art. Mais, alors, quel est cet art qui absorbe le travail de millions d'hommes, et auquel on sacrifie leur vie, leur moralité surtout?

« Nous connaissons la réponse donnée par les traités de l'esthétique moderne : la beauté est le but de l'art. Quant à la beauté, elle est reconnue par le plaisir qu'elle procure; cette jouissance artistique est donc bonne et importante, autrement dit, le plaisir est bon parce qu'il est le plaisir.

« Ainsi, ce qui est donné comme définition de la science du beau ne l'est nullement, mais simplement un artifice pour justifier l'art du jour. Donc, si étrange que cela paraisse, et malgré les montagnes de livres écrits sur l'art, aucune définition exacte n'en a été donnée jusqu'ici. La raison en est que la conception de l'art a été basée sur celle de la beauté. »

Tolstoï se tourne alors vers les philosophes qui définissent l'art en excluant l'idée de la beauté. Ce sont les physiologistes évolutionnistes (Schiller, Darwin, Spencer, Grant Allen), les adeptes de la philosophie expérimentale (Véron), pour lesquels l'art est l'expression des émotions; enfin, ceux qui voient dans l'art le résultat de « la production d'œuvres procurant du plaisir au producteur et une émotion agréable au spectateur ou à l'auditeur, en dehors d'avantages personnels ».

Ces définitions, supérieures sous bien des rapports, ne sont pas plus heureuses que les précédentes, celles de métaphysiciens. En effet, le principe posé par eux est encore le plaisir que procure l'art et « non son rôle dans la vie de chaque homme et de l'ensemble de l'humanité ».

Ici, nous touchons à un des points importants, sinon au point culminant de l'étude : la définition de l'art par Tolstoï lui-même :

« Pour donner une définition exacte de l'art, il est donc nécessaire, avant tout, de ne pas le considérer comme une source de plaisir, mais comme une des conditions de la vie. L'envisageant ainsi, nous pouvons facilement nous apercevoir que l'art est un des moyens de communion entre les hommes.

« Toute œuvre d'art engendre la contagion artistique, établit l'harmonie d'impression entre l'artiste et le public. L'art agit comme la parole, qui, transmettant la pensée, sert de trait d'union entre les hommes. La particularité de ce moyen de communication est de transmettre les sentiments, tandis que celle de la parole est de transmettre la pensée.

« L'activité artistique est basée sur ce fait : l'homme, en percevant par l'ouïe ou par la vue les sentiments qu'un autre a exprimés, est capable d'éprouver ces mêmes sentiments.

« Prenons un exemple : un homme rit, celui qui le regarde devient gai; il pleure, celui qui l'entend devient triste; il s'irrite, s'emporte, l'autre s'anime également. Par son geste et par le son de sa voix, un homme manifeste son courage et sa décision, sa tristesse ou son abattement, et il communique aux autres les mêmes sentiments; il souffre, exprime ses souffrances par des plaintes ou des convulsions, et les autres ressentent cette souffrance; il exprime ses sentiments d'admiration, de vénération, de crainte, de respect pour certaines choses ou certaines personnes, et les autres éprouvent les mêmes sentiments d'admiration, de vénération, de crainte, de respect pour les mêmes choses et les mêmes personnes.

« C'est sur cette aptitude de l'homme à comprendre les sentiments d'un autre homme et à les éprouver comme lui, qu'est basée l'activité artistisque.

« Si un homme en impressionne d'autres par son aspect, par ses paroles, au moment où il éprouve les sentiments qu'il manifeste; s'il amène un autre à bâiller, quand lui-même ne peut s'empêcher de le faire; à rire ou à pleurer quand lui-même éprouve le besoin de rire ou de pleurer; à souffrir quand lui-même souffre, ces effets de contagion ne sont pas encore le résultat d'une création artistique. L'art commence quand l'homme, dans le but de faire éprouver à d'autres les sentiments qu'il avait éprouvés, les évoque et les exprime par certains signes extérieurs.

« Ainsi, cet exemple bien simple : Un enfant ayant rencontré un loup, en eut peur; il fait le récit de cette rencontre; pour faire naître chez les autres les sentiments qu'il a éprouvés, il dépeint son insouciance avant cette rencontre, les objets environnants, le bois où il se trouvait; puis, l'apparition du loup, ses mouvements, la distance qui le séparait de lui, etc. Si l'enfant, en racontant son aventure, éprouve de nouveau les émotions qu'il a ressenties, s'il les communique à ses auditeurs et leur fait partager ses sensations, son récit est de l'art. Si l'enfant n'a pas vu le loup, mais en a eu toujours peur; si, désirant évoquer chez les autres les craintes qu'il a ressenties, il imagine une rencontre avec l'animal et la raconte de manière à faire éprouver à ses auditeurs les impressions qu'il a ressenties au moment où il redoutait d'apercevoir le loup, c'est encore de l'art. Ce sera toujours de l'art lorsqu'un homme, ayant éprouvé les douleurs de la souffrance ou la joie du plaisir, sensations réelles ou imaginées, les exprime sur la toile ou dans le marbre et de façon à les communiquer à d'autres. C'est de l'art quand un homme ressent ou croit ressentir le plaisir, la joie, la tristesse, le désespoir, le courage, l'abattement, passe de l'un à l'autre de ces sentiments, les exprime par des sons ou mouvements et les fait partager à ses auditeurs...

« ... Évoquer en soi-même un sentiment que l'on a déjà éprouvé, et, en l'évoquant ainsi au moyen des mouvements, des lignes, des sons, des images parlées, transmettre ces sentiments de manière à les faire éprouver à d'autres, c'est rendre l'art actf et puissant.

« Autrement dit, l'art est une activité qui permet à l'homme d'agir sciemment sur ses semblables au moyen de certains signes extérieurs, afin de faire naître ou faire revivre en eux les sentiments qu'il a éprouvés.

« L'art n'est donc point, comme le déclarent les métaphysiciens, la manifestation de quelque idée mystérieuse, de la Beauté, de Dieu; il n'est pas, comme l'affirment les physiologistes, un jeu dans lequel l'homme dépense son excédent d'énergie; il n'est point l'expression des émotions par des signes extérieurs; il ne consiste pas dans la création d'objets qui plaisent; il n'est point surtout le plaisir. *L'art constitue un moyen de communion entre les hommes s'unissant par les mêmes sentiments.* Envisagé ainsi, il est nécessaire à l'existence et à la marche progressive vers le bonheur de chaque individu et de toute l'humanité. »

Comme la parole est un moyen de transmettre la pensée, l'art est donc celui de communiquer et de faire éprouver les sentiments. Par la parole, les hommes échangent des pensées; par l'art, ils échangent des sentiments.

« Si les hommes n'étaient pas aptes à retenir toutes les pensées émises par les générations disparues, ils ressembleraient à des bêtes fauves ou à Gaspar Hauser, enfant trouvé, en 1828, sur la place du marché de Nuremberg, qui, âgé de seize ans environ, pouvait à peine parler et ignorait totalement les noms et l'usage des objets de première nécessité.

« Si les hommes n'avaient pas cette faculté de communier en

art, ils seraient probablement plus sauvages, plus hostiles et insociables qu'ils ne le sont aujourd'hui. »

Cependant les philosophes de l'antiquité, — Socrate, Platon, Aristote, — les prophètes hébreux, les premiers chrétiens, les mahométans et les paysans russes de nos jours ne reconnaissaient et ne reconnaissent que l'art sacré, fondé sur la conception religieuse de la vie. D'autres, plus rigides encore, mahométans intransigeants, bouddhistes, niaient tout art même.

Cette intransigeance était évidemment sans raison, car elle rejetait ainsi « l'un des moyens les plus nécessaires d'union sans laquelle l'humanité ne pourrait vivre » :

« Mais la société civilisée moderne n'a pas plus raison en admettant tout art, pourvu qu'il serve la beauté, c'est-à-dire qu'il donne aux hommes du plaisir.

« Autrefois, craignant que parmi les œuvres d'art il ne s'en trouvât quelques-unes qui aient une influence corruptrice, on prohibait l'art entièrement. Aujourd'hui, on craint seulement d'être privé d'un plaisir qu'il peut donner, et on favorise tous les arts. Je crois que cette dernière erreur est beaucoup plus grossière que la première et que ses conséquences sont bien plus nuisibles. »

A quoi donc attribuer l'importance du rôle joué aujourd'hui par l'art borné à la satisfaction du plaisir?

« Diverses causes ont contribué à cette anomalie : l'appréciation de la valeur de l'art, c'est-à-dire des sentiments qu'il transmet, dépend de l'idée que les hommes se font de la vie et de ce qu'ils y considèrent comme bien et mal. Or, le bien et le mal sont définis par ce que nous appelons les religions.

« L'humanité marche progressivement, en partant d'une conception de la vie inférieure, étroite, confuse, pour en arriver à une autre plus large et plus nette. Ici, comme dans toute autre marche en avant, il s'est trouvé des pionniers du progrès qui ont mieux compris que les autres le but de la vie, et, parmi ces hommes d'avant-garde, il en est toujours un qui définit ce but, soit par la parole, soit par son exemple, d'une façon plus évidente et plus puissante que les autres. La définition du sens de la vie, donnée par un tel apôtre, et dont le culte se perpétue par les traditions, les superstitions, les cérémonies, constitue ce que nous appelons une religion. Chaque religion est l'exposé de la conception la plus haute de la vie, donné par les plus grands esprits d'une époque et d'une société, conception que la foule finit par adopter. Par suite, seules les religions ont servi et servent encore de base d'appréciation des sentiments humains. Si les sentiments

2

rapprochent les hommes de l'idéal préconisé par leur religion et si les sentiments sont en harmonie avec lui, ils sont bons; s'ils sont en désaccord avec lui, ils sont mauvais.

« Lorsque la religion a pour but d'adorer un seul Dieu, d'accomplir ce qu'on croit sa volonté, comme chez les Hébreux, alors les sentiments d'amour pour ce Dieu et pour sa loi, exprimés par les productions artistiques, — tels, la poésie des prophètes, les Psaumes, l'épopée de la Genèse, — font partie du bon art, de l'art élevé; et lorsque nous exprimons à des dieux étrangers des sentiments de dévotion en désaccord avec la loi de Dieu, cette expression sera du mauvais art, de l'art bas.

« Lorsque, comme chez les Grecs, la religion place le but de la vie dans le bonheur terrestre, dans la beauté et la force, l'expression de l'énergie et de la joie de vivre sera du bon art, tandis que l'expression des sentiments efféminés ou d'affaissement moral, de l'art mauvais. Lorsqu'on voit le but de la vie dans le bien-être de sa nation, dans la continuation du genre d'existence de ses ancêtres, comme chez les Romains jadis et comme chez les Chinois aujourd'hui, l'expression des sentiments de sacrifice personnel au bien-être de la nation, de la vénération des ancêtres et de leur traditions peut être considérée comme le bon art; l'art qui exprime les sentiments contraires doit être regardé comme mauvais. Lorsqu'on place le sens de la vie dans l'affranchissement de ce qu'il y a d'animalité dans notre nature, comme chez les bouddhistes, l'art provoquant des sentiments qui élèvent l'âme et mortifient la chair sera bon, tandis que celui qui avive les passions charnelles sera mauvais... »

« ... Le christianisme primitif reconnaissait comme œuvres d'art utiles et bonnes, seulement les légendes, les vies des saints, les sermons, les prières, les Psaumes, incitant à l'amour du Christ, au désir de suivre son exemple, à la renonciation à la vie mondaine, à l'humilité, à l'amour du prochain; tandis que les œuvres exprimant le sentiment d'une jouissance égoïste ont été considérées comme mauvaises; aussi rejetait-on tout art plastique païen, en admettant seulement les sculptures symboliques. »

Plus tard, le christianisme de l'Eglise, bien qu'il ne fût plus celui du fondateur, avait également la conception de l'art juste, parce qu'elle correspondait aux idées religieuses des peuples où elle s'était formée.

« Mais le moment est venu où les classes supérieures, riches et instruites, de la société européenne commencèrent à douter de la vérité de la conception de la vie, formulée par le christianisme d'Eglise. Lorsque, après les croisades, au moment du plus grand développement de la puissance royale et des abus qui en résultaient, les hommes des classes riches connurent les doctrines des philosophes antiques et constatèrent leur clarté et leur sagesse, d'une part, et l'incompatibilité de la doctrine ecclésiastique avec celle du Christ, de l'autre, il leur devint impossible de continuer à suivre l'enseignement de l'Eglise.

« S'ils restaient attachés aux formes extérieures de la religion officielle, ils ne pouvaient plus y avoir foi, ne la pratiquaient que par inertie et en vue d'en exercer une influence sur les masses qui, elles, demeuraient inébranlables dans leurs croyances. Le moment était donc venu où le christianisme d'Eglise a cessé d'être la doctrine religieuse universelle de tous les chrétiens. »

Toutefois, les hommes des classes dirigeantes, ayant perdu l'ancienne foi, ne purent s'en créer une nouvelle, du moins aussi sincère que celle à laquelle le peuple continuait à être fidèle.

En réalité, ils retournent à la conception païenne de la vie qui vise avant tout la jouissance personnelle. La séparation, plus encore morale que matérielle, entre les privilégiés et la masse devient donc complète. Un milieu factice se forme et où se développe un art qui n'est pas l'expression des sentiments religieux, élevés, variés, mais seulement celle de la beauté, autrement dit, du plaisir qu'elle procure. C'est le plaisir qui est désormais le critérium, le terme d'appréciation d'une œuvre d'art, et une théorie esthétique s'établit pour justifier ce principe. On cherche à étayer la nouvelle théorie avec la doctrine esthétique des anciens et à faire remonter ainsi ses origines jusqu'aux Grecs. Or, les anciens Grecs confondaient l'idée du beau et l'idée du bien ; la prétendue nouvelle doctrine était en réalité surannée pour les chrétiens puisque leur conception, — et celle des Juifs déjà, — séparait le bien du beau et souvent même les mettait en contradiction. De plus, comme le fait remarquer Bénard, cité par Tolstoï : « Pour qui veut y regarder de près, la théorie du beau et celle de l'art sont tout à fait séparées dans Aristote, comme elles le sont dans Platon et chez leurs successeurs. » (*L'Esthétique d'Aristote et de ses successeurs*. Paris, 1889, p. 28.)

Ainsi, peu à peu, naquirent les théories esthétiques parmi les classes dirigeantes des nations européennes : chez les Italiens, les Hollandais, les Français et les Anglais. Il y a cent cinquante ans, Baumgarten donna au système une base scientifique.

« Avec une symétrie et un pédantisme tout allemands, Baumgarten imagina et exposa cette étonnante science. Malgré son manque évident de fondement, aucune autre théorie n'a plu davantage aux gens cultivés, n'a été acceptée aussi promptement et n'a fait l'objet d'aussi peu de critiques. Cette théorie fut tellement répandue dans les classes dirigeantes, qu'aujourd'hui encore ses formules, absolument arbitraires, sont répétées, aussi bien par les savants que par les ignorants, comme des axiomes évidents.

« *Habent sua fata libelli pro capite lectoris*, et de même et plus encore les théories ont leurs destinées, suivant les erreurs au milieu desquelles vit la société et pour laquelle ces théories sont inventées. Si une théorie justifie les faux principes au milieu desquels vit une certaine partie de la société, quelque mal fondée ou manifestement fausse qu'elle soit, elle est acceptée et devient un article de foi dans cette partie de la société.

« Telle, par exemple, a été la théorie célèbre et mal fondée de Malthus, prétendant que la population de la terre tend à augmenter en progression géométrique, tandis que les moyens de subsistance n'augmentent qu'en progression arithmétique, ce qui amène un excès de population ; telle a été la théorie de la lutte pour la vie et de la sélection comme bases du progrès humain. Telle est aussi la théorie, fort répandue aujourd'hui, de Marx sur l'inévitable progrès économique consistant dans l'absorption de toutes les productions individuelles par la production capitaliste. Si mal fondées qu'elles soient, si contraires qu'elles paraissent à tout ce que l'humanité sait et éprouve, si manifestement immorales qu'elles puissent être, ces doctrines sont acceptées avec crédulité, échappent à la critique et continuent parfois à être professées pendant des siècles, jusqu'à la disparition des conditions qui les justifiaient, jusqu'à ce que leur absurdité soit devenue trop évidente.

« Telle est aussi l'étonnante théorie de la trinité de Baumgarten, celle du Bien, du Beau et du Vrai. D'après elle, tout ce que peut faire l'art des peuples ayant vécu dix-neuf siècles de vie chrétienne, est de servir et de choisir pour idéal celui qu'avait, il y a deux mille ans, un petit peuple mi-barbare, qui modelait fort bien le corps humain et construisait des édifices agréables à la vue.

« Ces anomalies ne sont remarquées de personne. Des savants écrivent de longs et nuageux traités sur la beauté comme sur l'une des parties de la trinité esthétique : le Beau, le Vrai, le Bon, *das Schöne, das Wahre, das Gute*, qu'ils écrivent avec des lettres majuscules. Et ce qu'ils disent est répété par les philosophes, les artistes, les romanciers, les journalistes, par tout le public ; et tous croient qu'en prononçant ces paroles sacramentelles, ils parlent d'une chose bien définie et qui peut servir de base au raisonnement. »

En réalité, ces paroles n'ont aucun sens et l'on disserte dans le vide.

D'où provient cependant, insiste Tolstoï, l'importance que nous attribuons aujourd'hui à notre art si exclusif?

Cela vient de notre présomption.

« Nous croyons naïvement, non seulement notre branche caucasique de l'espèce humaine comme la supérieure, mais, plus particulièrement, la race anglo-saxonne, si nous sommes Anglais ou Américains; la race teutonne, si nous sommes Allemands; la gallo-latine, si nous sommes Français; la slave, si nous sommes Russes. Aussi, en parlant de notre art national, nous sommes pleinement convaincus qu'il est le vrai, le meilleur et même le seul vrai. Or, notre art, loin d'être l'art unique, n'est même pas celui de toute la chrétienté; il appartient seulement à un groupe restreint de cette partie de l'humanité.

« On pouvait parler d'un art national juif, grec ou égyptien ; on peut parler aujourd'hui d'un art chinois, japonais ou hindou parce qu'il est à toute la nation. Un pareil art a existé en Russie jusqu'à l'époque de Pierre Iᵉʳ et, dans le reste de l'Europe, jusqu'aux treizième et quatorzième siècles. Mais, depuis que les classes élevées de notre continent ont perdu leur foi dans la doctrine de l'Eglise, sans embrasser le véritable christianisme, et sont restées sans croyance, on ne saurait parler d'un art des nations chrétiennes, en admettant même que ce terme désigne l'art tout entier. Depuis l'isolement des classes privilégiées, leur art s'est séparé de celui du reste du peuple et deux arts se sont formés : le populaire et le raffiné. C'est pourquoi la réponse à la question : comment a-t-il pu arriver que l'humanité ait vécu pendant une longue période de son histoire sans art vrai, en lui substituant celui du plaisir? on peut répondre qu'il ne s'agit nullement là de toute l'humanité, pas même d'une partie importante, mais seulement des classes supérieures de la société chrétienne de l'Europe. Encore se sont-elles trouvées dans cet état un temps relativement court : du commencement de la Renaissance à nos jours.

« Le résultat de cette absence de l'art vrai fut inévitable : la corruption de la classe où l'art faux était en faveur. Toutes ces théories d'esthétique confuses, inintelligibles, tous ces jugements faux et contradictoires, et surtout l'assurance avec laquelle les spécialistes se sont engagés sur une fausse voie et ne veulent pas la quitter, proviennent de l'habitude de croire que l'art de nos classes élevées constitue l'art tout entier, l'art vrai, unique, universel... »

« ... Notre art est le vrai, l'unique, et pourtant les deux tiers de l'espèce humaine, les peuples d'Asie et d'Afrique, vivent et meurent sans se douter de son existence. Même dans notre société chrétienne, 1 pour 100 à peine des hommes fait usage de cet art que nous appelons *universel*, et les 99 pour 100 de la société européenne, absorbés par un labeur incessant, vivent et meurent de génération en génération sans jamais en avoir joui; d'ailleurs, ils n'y auraient rien compris, si même ils avaient eu le loisir de le connaître. »

« Lorsqu'on fait observer que toute la nation devrait en jouir, s'il était unique, on répond d'ordinaire que ce n'est pas les qualités de l'art qui empêchent sa vulgarisation mais la mauvaise organisation de notre société. En effet, ajoute-t-on, on peut se représenter une société future où le travail physique sera en partie remplacé par les machines, en partie allégé par sa juste répartition. Ainsi, le travail qu'exige l'art sera fait à tour de rôle : il ne sera plus nécessaire que certaines gens soient constamment derrière les coulisses pour faire mouvoir les décors, ce ne seront pas toujours les mêmes qui fabriqueront les pianos, les instruments de musique, ou imprimeront des livres; les hommes employés à ces travaux n'y seraient occupés que quelques heures chaque jour et jouiraient, le reste du temps, des bienfaits de l'art.

« C'est ce que disent les défenseurs de notre art exclusif; mais je pense qu'ils ne croient pas à leurs propres paroles, car ils ne peuvent ignorer que l'art raffiné n'a pu naître que grâce à l'esclavage des masses populaires, et ne pourra continuer à se développer que si l'esclavage continue à exister; ils ne peuvent pas ignorer davantage que c'est seulement à condition d'un pénible labeur des ouvriers que les spécialistes : écrivains, musiciens, danseurs, acteurs, peuvent arriver à ce degré raffiné de perfection auquel ils atteignent pour produire leurs œuvres d'art pur; et c'est également dans ces conditions qu'il peut exister un public délicat pour apprécier ces œuvres. Affranchissez les esclaves du capital, et l'art raffiné cessera de vivre. »

D'ailleurs, au cas même où l'on trouverait le moyen matériel de mettre l'art actuel à la portée de tous, il se présenterait une nouvelle difficulté pour sa vulgarisation morale : l'impossibilité de le faire comprendre aux masses populaires. Mais, prétend-on, « il existe une règle générale : chaque pas nouveau sur la voie du progrès nous demande pour l'apprécier une nouvelle préparation; on est déconcerté d'abord, puis on finit par s'habituer et par voir clair. Il en sera de même de l'art actuel : il sera compris quand tout le monde sera aussi instruit que nous, classes cultivées, qui produisons cet art. C'est une nouvelle assertion, plus inexacte que les autres. En effet, nous savons que la majeure partie des œuvres, tels que odes, poèmes, drames, cantates, pastorales, tableaux, etc., qui ont fait les délices des hautes classes au moment où ces productions ont paru, n'ont jamais été comprises ni appréciées des masses populaires, mais sont restées ce qu'elles avaient toujours été : simple passe-temps des riches de l'époque, et n'avaient de prix que pour eux. »

Qu'on ne dise pas davantage que certaines de nos œuvres de poésie, de musique ou de peinture, mises à la portée de la foule, soient déjà appréciées par elle. Si le fait est vrai, il ne peut y être question que des citadins, suffisamment corrompus par la vie de la ville pour s'accoutumer à n'importe quel art.

« De plus, cet art n'est pas produit par les masses, ni même choisi par elles ; il leur est imposé dans les lieux publics où elles ont accès. Quant à la grande majorité des classes ouvrières, notre art lui demeure étranger en raison de sa cherté d'abord, ensuite et surtout par sa nature même, puisqu'il transmet des sentiments qui sont éloignés des conditions de la vie laborieuse.

« Même si les artisans avaient assez de loisir pour fréquenter les galeries de tableaux, les concerts populaires et les bibliothèques, en un mot, de connaître ce qui constitue aujourd'hui les chefs-d'œuvre de l'art. — s'ils sont restés les hommes de labeur et ne se sont pas mêlés aux oisifs, — ils ne pourraient rien y comprendre.

« Les hommes qui pensent et sont sincères ne pourraient donc douter que l'art de nos classes supérieures ne deviendra jamais celui de tout le peuple. C'est pourquoi, si l'art était une activité aussi importante, aussi nécessaire que l'affirment ses fervents, il devrait être accessible à tous. Mais si, comme c'est la réalité, il n'est pas accessible à tous les hommes, on doit reconnaître ou bien qu'il n'est pas une activité aussi importante qu'on nous le dit, ou bien qu'il n'est pas le vrai.

« Impossible d'échapper à ce dilemme ; aussi, les gens habiles et immoraux l'écartent, en niant un de ses côtés, celui du droit des masses populaires à la jouissance de l'art. Ces hommes constatent la réalité, c'est-à-dire que les amateurs du beau peuvent être seulement les « shöne Geister », les élus, selon les termes des romantiques, ou les « sur-hommes », selon les partisans de Nietzsche. Quant au reste, le vil troupeau incapable de ressentir ces jouissances, il doit contribuer par ses services à procurer les plaisirs raffinés. »

Les conséquences de cet isolement et de cette limitation de l'art ont été : la méconnaissance de sa mission de transmetteur des sentiments les plus élevés (religieux, infini, varié) de chaque période historique ; l'appauvrissement du fond et la perte de la

beauté de la forme; l'obscurité; enfin, et principalement, la disparition de la sincérité et du naturel, et leur remplacement par l'artificiel et le cérébral. Aussi, le champ des observations artistiques
s'est singulièrement rétréci : d'une part, on jugeait le vil populaire peu intéressant, ne fournissant pas matière à de belles créations; d'autre part, la source des sentiments larges et nobles était
obstruée.

Tolstoï appuie sa première observation sur l'exemple de Gontcharov, son émule apprécié dans le roman :

« Je me souviens que Gontcharov, un écrivain intelligent et instruit, mais citadin endurci et esthète, m'a dit un jour qu'après *les
Récits d'un chasseur* de Tourguéneff, il ne restait plus rien à écrire
sur le champêtre, le sujet était épuisé. L'existence des classes laborieuses lui semblait si simple que les contes populaires de Tourguéneff en contenaient toutes les descriptions possibles. La vie de
nos classes privilégiées, remplie, au contraire, d'histoires d'amour,
de désillusions, lui semblait riche de sujets. Un héros de roman baise
la main de la dame de ses pensées, l'autre au coude, le troisième
ailleurs; l'un s'ennuie de sa propre paresse, l'autre parce qu'il
n'est pas aimé, et Gontcharov jugeait ce champ d'observations
d'une richesse inépuisable. Cette opinion que la vie des classes
laborieuses est pauvre en sujets artistiques, et que celle des
oisifs est pleine d'intérêt, est partagée par beaucoup de gens de
notre monde.

« A l'origine, au début de la séparation de cet art exclusif de
l'art universel, son sujet principal a été le sentiment d'orgueil.
Il fut de même pendant la Renaissance et plus tard, quand le
sujet principal des œuvres d'art était l'exaltation des forts, papes,
rois, ducs. Des odes, des madrigaux, des cantates et des hymnes
les glorifiaient; leurs portraits et leurs statues avaient des attitudes
majestueuses. Puis, la sensualité est devenue, sauf quelques exceptions, la condition nécessaire de tout art des riches. Enfin, au
commencement de notre siècle, c'était la lassitude de vivre.
D'abord, ce sentiment a été décrit par les plus doués : Byron,
Leopardi, puis par Heine. Mais, en ces derniers temps, il est
devenu à la mode et il est exprimé par les écrivains les plus
ordinaires. »

Et Tolstoï cite, au sujet de ces derniers, le passage suivant du
livre de M. René Doumic, *les Jeunes :*

« La lassitude de vivre, le mépris de l'époque présente, le regret
d'un autre temps aperçu à travers l'illusion de l'art, le goût du
paradoxe, le besoin de se singulariser, une inspiration de raffinés
vers la simplicité, l'adoration enfantine du merveilleux, la séduc-

tion maladive de la rêverie, l'ébranlement des nerfs, surtout l'appel exaspéré de la sensualité. »

« En effet, ajoute Tolstoï, de ces trois sentiments, la sensualité, étant le plus bas et le plus accessible à tous les hommes et même aux animaux, devient le sujet principal de toutes les œuvres d'art de notre époque. De Boccace à Marcel Prévost, tous les romans, poèmes, poésies, ont eu invariablement pour sujet l'amour sexuel dans ses diverses manifestations. L'adultère est non seulement le thème favori, mais encore l'unique de tous les romans. Un spectacle n'en est pas un, s'il ne s'y trouve, sous un prétexte quelconque, des femmes ayant la poitrine ou les jambes nues; toutes les chansons et romances expriment la luxure plus ou moins idéalisée.

« La majeure partie des peintures représentent des femmes nues dans diverses postures. Dans la nouvelle littérature française, il n'y a guère une page où le nu ne soit pas décrit, où le terme favori « nu » ne se trouve bien ou mal à propos.

« En un mot, sauf de rares exceptions, c'est le sujet préféré de tous les romans français, œuvres d'hommes en proie à la manie érotique. »

J'ai énuméré tout à l'heure les diverses conséquences qui, au sens de Tolstoï, résultent de l'isolement de l'art. On a vu combien l'art privilégié est devenu pauvre de sentiments nobles et dédaigneux de grandes passions et de fortes pensées qui agitent le cœur et le cerveau des masses. L'obscurité et son corollaire inévitable, la laideur de la forme, — seuls un beau sentiment et une belle idée peuvent se mouler dans une forme impeccable, ajouterais-je une fois par hasard, — furent une autre conséquence de l'art excluviste.

Tolstoï montre ensuite comment, depuis la Renaissance jusqu'à nos jours, les créations limitatives des artistes deviennent de plus en plus obscures pour aboutir aux productions de l'école décadente. C'est le chapitre le plus curieux pour le lecteur français, puisqu'il y est question de ses écrivains principalement. Je vais donc y puiser plus largement que dans le reste de l'étude.

Tolstoï rappelle que les artistes courtisans, — des souverains ou des hautes classes, — n'avaient, dans leurs œuvres, en vue que les conditions exceptionnelles d'existence d'un cercle de privilégiés. L'artiste recourait, par suite, à des moyens faciles de provoquer les sentiments : l'euphémisme, l'allusion mythologique ou historique, compréhensible aux seuls initiés, et il ajoutait ainsi à son œuvre le charme du vague. Aujourd'hui, les décadents ont poussé ce procédé jusqu'à ses extrêmes limites.

Ici, je cite tout au long :

« Non seulement le vague, l'énigmatique, l'obscur et l'inaccessible au vulgaire, mais encore l'incorrect, l'indéfini, le manque de style, sont devenus pour toute œuvre décadente une condition de mérite et d'harmonie poétique.

« Dans sa préface des célèbres *Fleurs du Mal*, Théophile Gautier dit que Baudelaire bannissait autant que possible de la poésie « l'éloquence, la passion et la vérité calquée trop exactement. »

« Et Baudelaire ne se contentait pas d'exprimer cette idée, mais encore la démontrait tant par ses vers que par ses *Petits Poèmes* en prose, dont le sens doit être deviné comme des rébus et qui, pour la plupart, restent incompris.

« Verlaine, qui suit Baudelaire, considéré également comme un poète de grand talent, a écrit tout un *Art poétique*, dans lequel il conseille cette façon d'écrire :

> De la musique avant toute chose,
> Et pour cela préfère l'Impair
> Plus vague et plus soluble dans l'air,
> Sans rien en lui qui pèse ou qui pose.
>
> Il faut aussi que tu n'ailles point
> Choisir les mots sans quelque méprise;
> Rien de plus cher que la chanson grise
> Où l'Indécis au Précis se joint.
>
> . . . .

« Et plus loin :

> De la musique encore et toujours !
> Que ton vers soit la chose envolée
> Qu'on sent qui fuit d'une âme en allée
> Vers d'autres cieux à d'autres amours.
>
> Que ton vers soit la bonne aventure
> Eparse au vent crispé du matin,
> Qui va fleurant la menthe et le thym,
> Et tout le reste est littérature.

« Le poète qui suit les deux précédents, et qui est considéré comme le plus important parmi les jeunes, — Mallarmé, — dit tout bonnement que le charme de la poésie est, pour le lecteur, d'en deviner le sens, la poésie devant toujours contenir une énigme :

« … Si un être d'une intelligence moyenne et d'une préparation « littéraire insuffisante ouvre par hasard un livre ainsi fait et « prétend en jouir, s'il y a malentendu, il faut remettre les choses

« à leur place. *Il doit y avoir toujours énigme en poésie*, et c'est
« le but de la littérature, il n'y en a pas d'autre, d'évoquer les
« objets. »

« Ainsi, parmi les nouveaux poètes, l'obscurité est élevée à la
hauteur d'un dogme, comme le dit avec raison le critique français
Doumic qui, lui, ne reconnaît pas encore ce dogme.

« Mais les écrivains français ne sont pas seuls à penser ainsi.

« Les poètes de toutes les autres nationalités : Allemands, Scandinaves, Italiens, Russes, Anglais, pensent et écrivent de même ;
et les artistes de la nouvelle génération les imitent dans toutes les
branches de l'art : en peinture, en sculpture, en musique. S'ap-
puyant sur Nietzsche et sur Wagner, les nouveaux venus croient
qu'il n'est pas nécessaire d'être compris de la foule, il leur suffit
d'évoquer les émotions poétiques chez les hommes les plus cultivés,
best nurtured men, selon l'expression d'un esthète anglais.

« Pour ne pas paraître avancer un fait sans preuves, je citerai ici
quelques extraits de poètes français qui sont à la tête de ce mouvement. Ils sont légion.

« J'ai choisi les nouveaux écrivains français parce qu'ils représentent avec plus d'éclat que les autres le nouveau courant artistique. La majorité des artistes européens ne font que les imiter.

« Sans parler de ceux qui sont déjà célèbres, tels que Baudelaire,
Verlaine, je nommerai par exemple : Jean Moreas, Charles Morice,
Henri de Regnier, Charles Vignier, Adrien Remacle, René Ghil,
Maurice Maeterlinck, G. Albert Aurier, Remy de Gourmont, Saint-
Paul-Roux-le-Magnifique, Georges Rodenbach, le comte Robert de
Montesquiou-Fezensac.

« Ce sont des symbolistes et des décadents ; viennent ensuite
« les mages » : Sâr Péladan, Paul Adam, Jules Bois, M. Papus et
d'autres.

« Il y a encore cent quarante et un poètes que Doumic énumère
dans son livre.

« Je cite quelques passages des poètes qui sont considérés
comme les meilleurs, et je commence par le plus célèbre, reconnu
grand artiste, digne d'un monument, par Baudelaire. Voici, par
exemple, une poésie de ses fameuses *Fleurs du Mal* :

XXV

Je t'adore à l'égal de la voûte nocturne,
O vase de tristesse, ô grande taciturne,
Et t'aime d'autant plus, belle, que tu me fuis
Et que tu me parais, ornement de mes nuits,
Plus ironiquement accumuler les lieues
Qui séparent mes bras des immensités bleues.

> Je m'avance à l'attaque et je grimpe aux assauts,
> Comme après un cadavre un chœur de vermisseaux,
> Et je chéris, ô bête implacable et cruelle,
> Jusqu'à cette froideur par où tu m'es plus belle.

« Pour être tout à fait exact, je dois ajouter que le livre contient des poésies moins incompréhensibles ; mais il n'y en a pas une seule qui soit simple et puisse être comprise sans un certain effort, effort rarement récompensé, car les sentiments que le poète exprime sont le plus souvent mauvais et bas. De plus, ils sont présentés à dessein avec excentricité et sans le moindre bon sens. Cette obscurité intentionnelle se fait particulièrement remarquer dans sa prose, que l'auteur pourrait écrire, s'il le voulait, avec simplicité.

« Le morceau qui a pour titre : *la Soupe et les Nuages* doit probablement montrer l'inintelligibilité du poète, à celles-là même qu'il aime ; le voici :

« Ma petite folle bien-aimée me donnait à dîner, et par la fenêtre
« ouverte de la salle à manger, je contemplais les mouvantes
« architectures que Dieu fait avec les vapeurs, les merveilleuses
« constructions de l'impalpable. Et je me disais, à travers ma
« contemplation : « Toutes ces fantasmagories sont presque aussi
« belles que les yeux de ma belle bien-aimée, la petite folle mons-
« trueuse aux yeux verts. »

« Et tout à coup, je reçus un violent coup de poing dans le dos,
« et j'entendis une voix rauque et charmante, une voix hystérique
« et comme enrouée par l'eau-de-vie, la voix de ma chère petite
« bien-aimée, qui me disait : « Allez-vous bientôt manger votre
« soupe, s... b... de marchand de nuages ? »

« Si recherchée que soit l'écriture de ce morceau, on peut encore, avec un certain effort, deviner ce que l'auteur a voulu y dire ; mais il y en a d'autres absolument incompréhensibles, pour moi du moins.

« Voici, par exemple, *le Galant tireur*, dont le sens m'est resté impénétrable :

LE GALANT TIREUR

« Comme la voiture traversait le bois, il la fit arrêter dans le
« voisinage du tir, disant qu'il lui serait agréable de tirer quelques
« balles pour *tuer* le temps.

« Tuer ce meutre-là, n'est-ce pas l'occupation la plus ordinaire
« et la plus légitime de chacun ? Et il offrit galamment la main à
« sa chère, délicieuse et exécrable femme, à laquelle il doit tant
« de plaisirs, tant de douleurs, et peut-être aussi une grande
« partie de son génie.

« Plusieurs balles frappèrent loin du but proposé : l'une d'elles
« s'enfonça même dans le plafond, et comme la charmante créature
« riait follement, se moquant de la maladresse de son époux,
« celui-ci se tourna brusquement vers elle et lui dit : « Observez
« cette poupée, là-bas, à droite, qui porte le nez en l'air et qui a
« la mine si hautaine. Eh bien, cher ange, *je me figure que c'est*
« *vous.* » Et il ferma ses yeux et il lâcha la détente. La poupée
« fut nettement décapitée.

« Alors s'inclinant vers sa chère, sa délicieuse, son exécrable
« femme, son inévitable et impitoyable Muse, et lui baisant respec-
« tueusement la main, il ajouta :

« Ah! mon cher ange, combien je vous remercie de mon
« adresse! »

« Les écrits d'une autre célébrité, Verlaine, ne sont pas moins
affectés et incompréhensibles. Voici, notamment, la première ariette
de la partie intitulée : *Ariettes oubliées :*

C'est l'extase langoureuse,
C'est la fatigue amoureuse,
C'est tous les frissons des bois
Parmi l'étreinte des brises,
C'est, vers les ramures grises,
Le chœur des petites voix.

O le frêle et frais murmure!
Cela gazouille et sussurre,
Cela ressemble au cri doux
Que l'herbe agitée expire...
Tu dirais, sous l'eau qui vire,
Le roulis sourd des cailloux.

Cette âme qui se lamente,
En cette plainte dormante,
C'est la nôtre, n'est-ce pas?
La mienne, dis, et la tienne,
Dont s'exhale l'humble antienne
Par ce tiède soir, tout bas?

« Quel est ce « chœur de petites voix? » et quel est ce « cri doux
que l'herbe agitée expire? » Quel sens a l'ensemble de cette poésie?
Cela reste incompréhensible pour moi.

« En dehors de ces poésies affectées et obscures, il s'en trouve
de plus claires, mais en revanche elles sont bien au-dessous des
premières comme forme et comme sujet.

« Telles sont toutes les poésies qui ont pour titre : *la Sagesse.*

« Avant de citer d'autres poètes, il m'est impossible de ne pas m'arrêter pour prendre note de l'étonnante célébrité de ces deux versificateurs, Baudelaire et Verlaine, proclamés aujourd'hui grands poètes. Comment les Français qui ont Chénier, Musset, Lamartine, Hugo, et, plus récemment les parnassiens, tels que Leconte de Lisle, Sully-Prudhomme, etc., comment ont-ils pu attribuer une telle importance à ces deux versificateurs inhabiles à donner une forme à leurs productions, bas et vulgaires dans le choix du sujet?

« La conception du premier, Baudelaire, a été d'élever en théorie l'égoïsme grossier et de remplacer la moralité par l'idée de la beauté, vague comme les nuages, et expressément artificielle : il préférait le visage féminin maquillé à un visage aux couleurs naturelles, et les arbres métalliques et les imitations minérales de l'eau aux arbres et à l'eau naturelle.

« Le second, Verlaine, reconnaissait son impuissance morale, son déréglement et voyait le remède à cette impuissance dans la plus grossière idolâtrie catholique.

« L'un et l'autre, d'ailleurs, étaient, non seulement dépourvus de naïveté, de sincérité et de simplicité, mais encore pleins d'artifice, de bizarrerie voulue, et de suffisance. Aussi dans leurs moins mauvaises productions, on aperçoit davantage MM. Baudelaire et Verlaine, que ce qu'ils décrivent; cependant ces deux versificateurs forment école et entraînent à leur suite des centaines de disciples.

« La seule explication de ce fait c'est que l'art de la société qui a produit ces versificateurs n'est pas une manifestation sérieuse et importante de la vie, mais simplement un amusement. Or, tout jeu fatigue quand on en abuse. Pour rendre de nouveau attrayant un jeu qui a déjà lassé, il faut trouver le moyen de le transformer. Quand on ne veut plus du boston, on invente le whist, après le whist, le piquet, puis un autre jeu et ainsi de suite. Le fond reste, seule la forme change.

« Il en est de même de l'art qui nous occupe : son sujet, restreint de plus en plus, a fini par devenir nul parce qu'il semble aux artistes des classes supérieures qu'il ne reste plus rien à dire. C'est pourquoi pour renouveler cet art ils cherchent de nouvelles formes.

« En inventant une nouvelle forme, Baudelaire et Verlaine ont cherché à la rendre plus originale encore par les détails pornographiques inédits. Et les critiques et le public des classes élevées les reconnaissent comme grands écrivains. C'est la seule explication du succès, non seulement de Baudelaire et Verlaine, mais encore de tous les décadents.

« Il existe, par exemple, des vers de Mallarmé et de Maeterlinck qui n'ont pas le moindre sens et, malgré cela, ou peut-être à cause

de cela, ils sont imprimés par dizaines de milliers de volumes et
dans les recueils d'œuvres choisies de jeunes poètes.

« Voici un sonnet de Mallarmé :

A la nue accablante tu
Basse de basalte et de laves
A même les échos esclaves
Par une trompe sans vertu

Quel sépulcral naufrage (tu
Le sais, écume, mais y braves)
Suprême une entre les épaves
Abolit le mât dévêtu

Ou cela que furibond faute,
De quelque perdition haute
Tout l'abîme vain éployé

Dans le si blanc cheveu qui traine
Avarement aura noyé
Le flanc enfant d'une sirène

(Pan, 1895, nº 1.)

« Cette poésie n'est pas moins incompréhensible que ses autres
productions. J'en ai lu plusieurs, et toutes sont également dépour-
vues de sens.

« Voici maintenant un morceau d'un autre nouveau et célèbre
poète, celui de Maeterlinck. Je l'emprunte également à la revue
Pan (1895, nº 2).

Quand il est sorti
(J'entendis la porte)
Quand il est sorti
Elle avait souri...

Mais quand il entra
(J'entendis la lampe)
Mais quand il entra
Un autre était là...

Et j'ai vu la mort
(J'entendis son âme)
Et j'ai vu la mort
Qui l'attend encor...

On est venu dire
(Mon enfant j'ai peur)
On est venu dire
Qu'il allait partir...

> Ma lampe allumée
> (Mon enfant j'ai peur)
> Ma lampe allumée
> Me suis approchée...
>
> A la première porte
> (Mon enfant j'ai peur)
> A la première porte
> La flamme a tremblé...
>
> A la seconde porte
> (Mon enfant j'ai peur)
> A la seconde porte
> La flamme a parlé...
>
> A la troisième porte
> (Mon enfant j'ai peur)
> A la troisième porte
> La lumière est morte...
>
> Et s'il venait un jour
> Que faut-il lui dire?
> Dites-lui qu'on l'attendit
> Jusqu'à s'en mourir...
>
> Et s'il me demande où vous êtes
> Que faut-il répondre?
> Donnez-lui mon anneau d'or
> Sans rien lui répondre...
>
> Et s'il m'interroge alors
> Sur la dernière heure?
> Dites-lui que j'ai souri
> De peur qu'il ne pleure...
>
> Et s'il m'interroge encore
> Sans me reconnaître?
> Parlez-lui comme une sœur
> Il souffre peut-être...
>
> Et s'il veut savoir pourquoi
> La salle est déserte?
> Montrez-lui la lampe éteinte
> Et la porte ouverte...

« Qui est sorti? qui est entré? qui a raconté? qui est mort? On ne sait.

« Pour éviter le reproche d'avoir choisi les plus mauvais vers, j'ai copié, dans chaque volume, la poésie qui se trouvait à la page vingt-huit.

« Les autres vers de ces poètes ne sont pas plus compréhensibles, où s'ils le sont davantage ce n'est qu'après un grand effort et jamais entièrement.

« Toutes les productions des centaines de poètes, dont j'ai cité quelques noms, ont le même caractère, et non seulement parmi les Français, mais encore chez les Allemands, les Scandinaves, les Italiens, et chez nous, Russes.

« Ces recueils de poésies sont imprimés sinon par millions, du moins par centaines de milliers d'exemplaires. Pour les composer, imprimer et relier, des millions et des millions de journées de travail sont dépensées; je crois qu'il n'en fallut pas davantage pour construire la grande pyramide. »

Le même fait se produit dans les autres arts : peinture, musique, drame. La peinture dépasse même en extravagance la poésie. Tolstoï extrait les passages du journal intime d'un « amateur de peinture », un de ses proches évidemment, qui a visité, en 1894, les expositions parisiennes des symbolistes, des impressionnistes et des néo-impressionnistes. L'impression du visiteur russe a été ahurissante. Il fit preuve cependant d'un ardent désir de comprendre, s'arrêtant longuement et avec attention devant les toiles de Camille Pessaro, Puvis de Chavannes, Manet, Monet, Renoir, Sisley, etc., questionnant même sur leur signification. L'effort fut vain : chez les impressionnistes, absence de sujet, coloris impossible, « on a beau s'éloigner, s'approcher, on ne saisit pas la couleur générale ». Chez les symbolistes, pas de dessin : sur une mer jaune « un navire ou peut-être un cœur y flotte »; les couleurs de certains tableaux « forment une couche si épaisse qu'on ne saurait dire si ces œuvres sont de la peinture ou de la sculpture ».

« C'était ainsi en 1894, ajoute Tolstoï; aujourd'hui cette tendance s'accentue encore, et nous avons Bæcklin, Stuck, Klinger, Sascha, Schneider, etc. »

« La même tendance se retrouve dans le drame. On représente, tantôt un architecte qui, pour une raison quelconque, n'a pas exécuté ses grands plans de jadis et qui, par suite, grimpe sur le toit de la maison qu'il a bâtie et de là se précipite dans le vide la tête la première[1]; tantôt c'est une étrange vieille femme qui extermine des rats et qui, pour une raison inconnue, conduit un poétique enfant à la mer et l'y noie. Tantôt ce sont des aveugles qui, assis au bord de la mer, répètent toujours la même chose

---

[1] *Solnès le constructeur* d'Ibsen. — E. H.-K.

sans qu'on en saisisse jamais le sens[1]; tantôt c'est une certaine cloche qui tombe dans un lac et y sonne[2].

« Nous retrouvons encore cette tendance dans la musique, dans cet art qui, semble-t-il, devrait être le plus uniformément accessible à tous.

« Un musicien réputé s'assied devant le piano et vous joue un morceau qu'il vous dit être sa nouvelle œuvre ou celle d'un compositeur du jour. Vous entendez des sons bruyants, étranges, vous admirez les exercices gymnastiques de ses doigts, et vous voyez que le compositeur veut vous faire comprendre que les sons qu'il produit sont le résultat des élans poétiques de l'âme. Vous devinez son intention, mais vous n'éprouvez autre chose que l'ennui. Le morceau est long ou du moins vous semble tel, parce que vous n'en gardez aucune impression nette et vous vous souvenez des paroles d'Alphonse Karr : « Plus ça va vite, plus ça dure longtemps », et vous vous demandez si ce n'est pas une mystification, si le pianiste ne vous met pas à l'épreuve, si, faisant courir sans ordre ses doigts sur le clavier, il ne veut pas vous faire tomber dans un piège, en provoquant vos louanges, pour rire après à vos dépens. Mais lorsque le morceau finit enfin, et que le musicien, ému et tout en sueur, quitte le piano, quêtant vos applaudissements, vous reconnaissez qu'il y allait de confiance.

« C'est ce qui a lieu dans tous les concerts où l'on joue les compositions de Liszt, Wagner, Berlioz, Brahms, et du plus moderne, Richard Strauss, ainsi que d'un grand nombre d'autres, qui ne cessent de produire opéra sur opéra, symphonie sur symphonie, morceau sur morceau.

« Cette nouvelle tendance envahit également un autre domaine, celui du roman et du conte, où il semble pourtant difficile de demeurer incompréhensible.

« Vous lisez, par exemple, *Là-bas!* de Huysmans, ou le récit de Kipling, ou *l'Annonciateur*, des *Contes cruels*, de Villiers de l'Isle-Adam, etc., et tout cela est pour vous, non seulement « abscons » (un nouveau mot des nouveaux écrivains), mais encore absolument incompréhensible comme forme et comme fond. Tels sont la plupart des nouveaux romans : le style est trop lâche; les sentiments semblent élevés, mais il est impossible de comprendre ce qui se passe, où l'action se passe, et quel personnage évolue.

« Ceux qui ont admiré Goethe, Schiller, Musset, Hugo, Dickens, Beethoven, Chopin, Raphaël, de Vinci, Michel-Ange, Delaroche,

[1] *Les Aveugles*, de Maeterlinck.
[2] *La Cloche submergée*, de Hauptmann.

E. H.-K.

ne comprenant rien à ce nouvel art, taxent ses œuvres simplement d'insanité, et veulent les ignorer. Mais une telle attitude à l'égard du nouvel art est injustifiée, parce que d'abord il s'étend de plus en plus et a déjà conquis droit de cité dans la société, comme les romantiques en 1830, ensuite et surtout parce que, si nous jugeons ainsi l'art dit décadent, par la raison que nous ne le comprenons pas, il existe un grand nombre d'hommes, — tous les ouvriers et bien d'autres personnes encore, — qui ne comprennent pas également les œuvres considérées par nous comme belles, les vers de nos poètes préférés : Goethe, Schiller, Hugo; les romans de Dickens; la musique de Beethoven, de Chopin; les tableaux de Raphaël, de Michel-Ange, de Vinci, etc. Si j'ai le droit de penser que la foule ne comprend pas et n'aime pas ce que je trouve incontestablement beau, parce qu'elle n'est pas suffisamment développée, je n'ai pas le droit de nier, non plus, que je puis ne pas comprendre et ne pas aimer les productions de l'art nouveau, simplement à cause de mon insuffisance de culture.

« Si donc j'ai le droit de dire que je ne comprends pas, avec la majorité des personnes qui pensent comme moi, cet art parce qu'il n'y a rien à comprendre et qu'il est mauvais, une majorité plus grande encore, toute la masse ouvrière, qui ne comprend pas l'art que je trouve beau, peut dire avec le même droit qu'il est aussi mauvais et qu'il n'y a rien à comprendre...

« ... On ne peut pas dire, d'ailleurs, que la majorité des hommes manquent de goût pour apprécier les plus hautes manifestations artistiques. La majorité a toujours compris et comprend ce que nous considérons comme l'art le plus élevé : l'épopée de la Genèse, les paraboles de l'Évangile, les légendes, contes et chansons populaires. Pourquoi donc la foule aurait-elle tout à coup perdu la faculté de comprendre ce qui est élevé dans notre art?

« On peut dire d'un discours qu'il est beau, mais incompréhensible pour ceux qui ne savent pas la langue dans laquelle il est prononcé. Mais une œuvre d'art se distingue de toute autre manifestation de l'esprit parce que sa langue est familière à tous et qu'elle agit indistinctement sur chacun. Les larmes ou le rire d'un Chinois agiront sur moi, aussi bien que les larmes et le rire d'un Russe; il en sera de même d'une œuvre musicale, picturale et poétique si elle est traduite en un idiome que je connais.

« ... Les grandes œuvres d'art ne sont grandes que parce qu'elles sont accessibles et compréhensibles à tous. L'histoire de Joseph traduite en langue chinoise touche le Chinois. Il existe et doit exister des édifices, des tableaux, des statues, de la musique, qui impressionnent de même. Si donc l'art est dépourvu de ce pouvoir, on ne doit pas prétendre que c'est par suite du manque de compréhension chez le spectateur ou l'auditeur, mais on doit en conclure que c'est un art mauvais ou qu'il n'en est pas un. »

L'art se distingue de la science parce que cette dernière demande de la préparation, de la progression dans les connaissances, tandis que le premier peut être compris indépendamment du développement intellectuel de l'homme. La mission de l'art est précisément de rendre assimilable, sensible, ce qui n'est pas du domaine de la raison. C'est pourquoi les classiques chefs-d'œuvre, l'*Iliade*, l'*Odyssée*, l'histoire d'Isaac, de Jacob et de Joseph, les livres des prophètes juifs, les Psaumes, les paraboles de l'Evangile, sont à la portée autant des ignorants que des classes cultivées. Ce n'est pas le manque de savoir et de culture qui empêche de comprendre le sentiment élevé que doit communiquer l'art, mais bien une culture fausse et une science fausse.

« Un homme du peuple lit un livre, voit un tableau, écoute un drame ou une symphonie, et il n'est point impressionné. On lui dit que la cause en est à ce qu'il ne sait pas comprendre. On promet à un homme de lui montrer un spectacle, il entre et ne voit rien. On lui dit que c'est parce que sa vue n'était pas préparée à ce spectacle. Mais l'homme sait cependant qu'il voit tout fort bien. S'il ne voit pas ce qu'on lui a promis de montrer, il peut conclure fort judicieusement que la promesse n'a pas été tenue.

« Avec la même raison on peut juger l'art et les artistes, dont les œuvres n'ont provoqué en nous aucun sentiment. Dire, par suite, que l'homme n'est pas ému de leur art parce qu'il est niais, ce qui est présomptueux et grossier en même temps, c'est renverser les rôles et rejeter sa faute sur un autre.

« Boileau a dit que « tous les genres sont bons, hors le genre « ennuyeux »; avec plus de droit encore peut-on dire de l'art, que tous les genres sont bons, hors celui qu'on ne comprend pas, ou qui ne produit pas son effet; car quelle valeur peut avoir une activité humaine qui ne remplit pas sa mission?

« Aussitôt qu'on admet que l'art peut rester l'art, tout en étant inintelligible à des hommes sains d'esprit, il n'y a aucune raison à ce que certains hommes, au goût dépravé, ne puissent produire des œuvres qui flattent leurs sentiments pervertis et qui sont compréhensibles pour eux seuls; il n'y a aucune raison à ce qu'ils n'appellent « art » ces œuvres. C'est ce que font, d'ailleurs, ceux qui sont connus sous le nom de « décadents ».

Cessant d'être accessible à tous, n'étant plus sincère, devenu par suite artificiel, l'art ne sert qu'à distraire l'ennui des oisifs blasés, constamment en quête du nouveau. Aussi, pour pouvoir fabriquer à discrétion les œuvres prétendues artistiques, nos artistes ont eu recours à des procédés spéciaux qui ont remplacé l'inspiration.

Le premier est l'emprunt, total ou partiel, du sujet aux classiques œuvres poétiques (légendes mythologiques, antiques, bibliques, chrétiennes) et leur transformation en productions quasi-nouvelles qui, grâce au ressouvenir des impressions esthétiques, charment encore. L'auteur n'a rien dit de nouveau, il n'a pas communiqué un sentiment inédit et éprouvé par lui, mais simplement évoqué celui d'un autre; il a fait œuvre d'écho et a produit une impression de réminiscence. Tolstoï cite un exemple de ce procédé par un « auteur de talent ».

« Un exemple caractéristique de cette sorte d'imitation de l'art peut servir, dans le domaine de la poésie, la pièce d'Edmond Rostand : *Princesse lointaine*, où il n'y a pas une étincelle poétique, et qui paraît cependant à beaucoup, et probablement à l'auteur, une œuvre artistique. »

Faust, de Goethe, est aussi une œuvre d'emprunt, si habilement qu'elle ait été traitée.

Le deuxième procédé est la parure, impressionnant la vue et l'ouïe : rythme, euphémisme, descriptions coloriées, fioritures, combinaisons musicales et instruments extravagants pour frapper l'oreille; vives et étranges couleurs, corps nus de femmes dans la peinture et sur la scène, richesse de décors et de costumes, pour l'œil.

Le troisième procédé consiste dans l'action sur les sensations purement physiques, action par effets, surtout par l'effet du contraste : opposition du dur au tendre, du beau au laid, du bruyant au doux, du sombre au clair, de l'extraordinaire à l'ordinaire. La littérature se sert particulièrement des effets de terreur et de sensualité; la peinture : de lumière et d'inachevé; la musique : d'inattendu, de disharmonie, de bruit assourdissant. L'effet commun à toutes ces branches de l'art est la représentation par l'une de ce qui est du domaine de l'autre.

Le quatrième procédé est l'attrait, c'est-à-dire l'intérêt raisonné : la documentation, la description de la vie extérieure des anciens ou des modernes, la composition de véritables rébus littéraires, picturaux et musicaux que le public est appelé à déchiffrer; le lecteur, le spectateur ou l'auditeur, intéressé seulement, croit éprouver une émotion esthétique.

« On dit souvent que l'œuvre d'art est excellente, parce qu'elle est poétique ou belle, fait de l'effet ou intéresse, cependant ni l'une ni l'autre ni la troisième ni la quatrième propriété ne sont un moyen d'appréciation de l'art; ce moyen n'a rien de commun avec lui. Si on dit que l'œuvre est poétique, c'est qu'elle est empruntée. »

« Tout emprunt de sujets, de scènes, de situations, de descriptions n'est que le reflet de l'art même. Dire d'une œuvre qu'elle est excellente, parce qu'elle est poétique, c'est prétendre qu'une pièce de monnaie est bonne, parce qu'elle ressemble à une authentique.

« L'ornement ou la parure ne peut pas servir davantage à faire apprécier les qualités artistiques. Si la propriété principale de l'art est de communiquer aux autres le sentiment qu'a éprouvé l'auteur, cette communication ne se fait pas par la beauté, mais se produit le plus souvent en dehors d'elle. La vue d'une souffrance des plus laides peut provoquer en nous une grande pitié, de l'attendrissement et de l'admiration devant le stoïcisme du malheureux; au contraire, nous pouvons ne ressentir aucune émotion devant une statue de cire incontestablement belle.

« Apprécier une œuvre d'art suivant sa beauté est, en somme, aussi étrange que de juger de la fertilité d'une terre d'après la beauté du site.

« L'effet des contrastes, de l'inattendu, de l'effrayant ne donne pas non plus l'idée du véritable art, parce que ce procédé ne transmet pas le sentiment, il ne fait qu'agir sur les nerfs. Si un peintre représente bien une blessure sanglante, sa vue peut me frapper, mais ce ne sera pas de l'art. Une seule note prolongée par un orgue puissant produira une forte impression, provoquera même des larmes, mais ce n'est pas de la musique, parce qu'aucun sentiment n'y est exprimé...

« ... L'art actuel est devenu raffiné, dit-on encore. Au contraire, grâce à cette recherche de l'effet, il est devenu fort grossier. On représente, par exemple, une nouvelle pièce, *Hanelé* [1], qui a fait le tour des théâtres de l'Europe. L'auteur y veut communiquer au public la pitié pour une fillette martyrisée. Pour provoquer ces sentiments par les moyens artistiques, l'auteur devrait faire exprimer cette pitié à un de ses personnages, de façon à la communiquer à tous les spectateurs; ou bien, il doit fidèlement décrire les sensations de la fillette. Mais il ne sait ou ne veut le faire, et il choisit un autre moyen, plus compliqué pour le décorateur, mais facile pour lui. Il oblige la fillette à mourir sur la scène; pour augmenter encore l'action physiologique sur le public, il fait

---

[1] *Hanelé Matern*, de Gerhard Hauptmann. — E. H.-K.

éteindre la lumière, laissant les spectateurs dans l'obscurité et, avec l'accompagnement d'une musique larmoyante, il montre comment le père ivre frappe et poursuit la fillette. Elle se tord, gémit, tombe épuisée. Arrivent des anges qui l'emportent.

« Le public, ému, croit que son émotion est précisément une sensation esthétique. Or, il n'en est rien, parce qu'il n'y a pas de transmission de sentiments, mais simplement une impression faite à la fois de douleur provoquée par la souffrance d'autrui et de joie d'en être soi-même à l'abri, impression semblable à celle que nous éprouvons à la vue d'un supplicié ou que les Romains ressentaient devant l'arène des gladiateurs. »

Les effets du même genre employés par la musique, qui agit directement sur les nerfs, sont plus sûrs encore.

Cependant, les productions de l'art imitatif sont très en faveur aujourd'hui et leur nombre augmente avec une progression inouïe. Trois conditions la favorisent : 1° la rémunération élevée des artistes, d'où la formation de l'artiste professionnel; 2° la critique d'art; 3° les écoles d'art.

L'art devenu l'objectif d'une profession, la sincérité, — sa principale et précieuse qualité, — a beaucoup diminué et presque disparu. En effet, l'artiste professionnel vit de son travail; pour satisfaire le goût blasé de ses clients, il lui faut imaginer sans cesse les sujets, et il les invente. Aussi, est-il facile de comprendre la différence qui existe entre « les productions qui appartiennent aux prophètes juifs, aux auteurs des Psaumes, à François d'Assise, à l'auteur de l'*Iliade* et de l'*Odyssée*, à ceux des contes, légendes, chants populaires, qui, loin de recevoir une récompense quelconque, n'ont pas même laissé leur nom, d'une part, et les œuvres des poètes, des dramaturges et des musiciens de cour comblés d'honneurs et de richesse, puis, celles des artistes professionnels qui en vivent et qui reçoivent leur rémunération des directeurs de journaux, des éditeurs, des *impresarii*, en général des intermédiaires entre les artistes et le public des villes, d'autre part. »

En même temps, l'appréciation de l'art n'appartient plus à tous, au simple public, mais exclusivement à de savants critiques au jugement faussé et plein de suffisance.

Ils nous expliquent des œuvres, dit-on, et qu'expliquent-ils?

« Un véritable artiste a transmis par son œuvre aux autres hommes les sentiments qu'il a vécus; qu'y a-t-il donc à expliquer encore?

« Si une œuvre est parfaite, qu'elle soit morale ou immorale, le sentiment exprimé par l'artiste est transmis aux autres hommes;

s'il leur est transmis, ils l'éprouvent. Tous les commentaires sont donc oiseux. Si l'œuvre ne communique pas le sentiment, aucun raisonnement ne la rendra communicative. Il est impossible de commenter l'œuvre d'un artiste. Si on pouvait expliquer par le raisonnement ce qu'il voulait dire, il l'aurait exprimé en termes appropriés. Mais il l'a dit par son art, parce qu'il n'avait pas d'autre moyen de rendre les sentiments qu'il a ressentis. Commenter par des mots les œuvres d'art, c'est prouver seulement que le commentateur est incapable de contagion sentimentale. C'est ce qui arrive et, si étrange que cela paraisse, les critiques ont toujours été les moins capables de cette contagion, bien qu'ils soient instruits, intelligents, et qu'ils aient la plume facile. Aussi, ont-ils contribué, et contribuent-ils encore par leurs écrits à la dépravation du goût du public qui les lit et qui a foi en eux. »

N'ayant pas de criterium fixe, — fondé sur la conception de la vie la plus élevée de l'époque, — nos critiques ne font que répéter les anciens écrivains et reproduire les vieux clichés.

« Les tragédiens de l'antiquité étaient jadis considérés comme remarquables, et les critiques restent sur cette opinion. Dante fut jugé grand poète, Raphaël grand peintre, Bach grand musicien, et les critiques, n'ayant pas de base qui leur permette de séparer le bon art du mauvais, non seulement considèrent ces artistes comme grands, mais encore *toutes* leurs productions comme *d'égale valeur* et dignes d'être prises pour modèles.

« Rien n'a concouru autant à la déformation de l'art que cet établissement des autorités par la critique. Un artiste produit une œuvre en y exprimant les sentiments qu'il a vécus par les moyens qui lui sont propres, la majorité des hommes ressent les sentiments de l'artiste et son œuvre devient célèbre. Alors la critique, jugeant l'artiste, se met à dire que son œuvre n'est pas mauvaise, mais que tout de même il n'est pas Dante, ni Shakspeare, ni Goethe, il n'est pas le Beethoven de l'âge mûr, il n'est pas Raphaël. Et le jeune artiste, sous l'influence de ces dissertations, s'empresse d'imiter ceux qu'on lui donne pour modèles, et produit non seulement des œuvres qui ne sont plus personnelles, mais des œuvres faibles et fausses.

« Citons quelques exemples : Pouschkine écrit *Eugène Oné-gnine*, les *Tziganes*, des poésies, des nouvelles; ce sont des œuvres de mérite divers, mais vraiment artistiques. Or, voici que, sous l'influence de la fausse critique, qui glorifie Schakspeare, Pouschkine écrit *Boris-Godounov*, une tragédie raisonneuse et froide; alors cette œuvre est louée, citée comme modèle et imitée : *Minine* d'Ostrovsky, le *Tsar-Boris* de Tolstoï [1], et c'est ainsi qu'apparaissent des imitations d'imitations qui encombrent toutes les littératures.

« Le grand mal que font les critiques c'est que, n'étant pas émus par l'art, ils portent de préférence leur attention sur les productions entièrement inventées, les louent, les posent comme modèle. C'est le cas de tous les critiques, car s'ils pouvaient être émus par l'art, ils n'entreprendraient pas la tâche impossible d'expliquer les œuvres d'art. Voici pourquoi ils couvrent d'éloges, avec tant d'assurance, les écrivains comme Dante, Tasse, Milton, Schakespeare, Gœthe, et, parmi les nouveaux, Zola et Ibsen ; dans la musique de ce dernier siècle, Beethoven, Wagner. Et pour justifier leurs éloges, fondés sur le raisonnement cérébral, ils inventent des théories (telle la célèbre théorie de la beauté) ; alors des écrivassiers, et même des hommes de talent, composent suivant ces théories, tandis que les véritables artistes se contraignent et s'y soumettent.

« C'est grâce seulement aux critiques, qui louent aujourd'hui les productions grossières et souvent insensées des anciens Grecs : Sophocle, Euripide, Eschille, Aristophane surtout ; parmi les plus récents : Dante, Tasse, Milton, Schakspeare ; dans la peinture : tout Raphaël et tout Michel-Ange, avec son stupide *Jugement dernier ;* en musique : tout Bach et tout Beethoven, y compris ses dernières œuvres ; c'est grâce aux critiques, dis-je, que sont devenus possibles aujourd'hui les Ibsen, Maeterlinck, Verlaine, Mallarmé, Puvis de Chavannes, Klinger, Boecklin, Stuk, Schneider, Wagner, Liszt, Berlioz, Brahms, Richard Strauss, et toute la masse énorme des imitateurs de ces imitateurs dans tous les arts. »

Il existe encore une cause de la déformation de l'art qui lui est plus nuisible peut-être que la critique : ce sont les écoles d'art. En effet, l'école ne peut enseigner que les procédés d'exprimer les sentiments éprouvés par d'autres artistes, et cet enseignement n'apprend qu'à imiter.

« J'ai déjà cité quelque part la profonde remarque du peintre russe Brulow sur l'art. Je ne puis résister au désir de la répéter ici parce qu'elle indique fort bien ce qu'on peut et ce qu'on ne peut pas apprendre dans les écoles. Corrigeant l'étude d'un élève, il toucha à peine certains endroits, et l'étude inerte s'anima soudain. « Vous avez *à peine* touché, et tout changea », dit un élève. « L'art commence là où ce « à peine » commence », dit Brulow…

<hr>

[1] Les trois pièces citées sont des tragédies historiques, celle d'Ostrovsky de l'époque de l'interrègne, et celles de Pouschkine et de Tolstoï du règne du tsar qui en est le héros. L'auteur du *Tsar Boris* est le comte *Alexis* Tolstoï, poète et dramaturge. — E.-H.-K.

« ... La même observation est applicable à tous les arts. A peine plus clair, à peine plus sombre, à peine plus haut ou plus bas, plus à droite ou plus à gauche, dans la peinture; à peine l'intonation est-elle affaiblie ou augmentée dans l'art dramatique; un pied de plus ou de moins dans la poésie, et l'harmonie est rompue, et la contagion sentimentale que doit produire l'œuvre manque. Cette contagion n'est suscitée que lorsque l'artiste saisit les moments infiniment petits dont est composée une œuvre d'art. Et il ne peut les saisir qu'en s'abandonnant au sentiment. Aucune machine ne peut faire ce que fait un bon danseur qui exécute les pas en mesure; aucun orgue ne peut être comparé au chant d'un berger qui a l'instinct musical; aucune photographie ne rend l'image comme un bon dessinateur; aucune rhétorique ne trouve le mot de l'harmonie d'une phrase que devine le sentiment. C'est pourquoi les écoles peuvent apprendre ce qu'il faut pour imiter l'art, mais jamais comment produire une œuvre artistique. »

Ces diverses causes ont rendu les artistes, les critiques, et toute la société moderne inaptes à comprendre le véritable art et disposés à accueillir ses imitations les plus grossières.

Tolstoï appuie cette constatation par l'exemple de Richard Wagner. Il examine sa « monstrueuse » théorie musico-dramatique, fait ressortir « l'absurdité » de son application, par le maître du genre et par ses disciples, et montre ainsi « l'aberration » des hautes classes qui considèrent « les divagations » des wagnériens comme un art élevé et ouvrant de nouveaux horizons.

L'écrivain russe raconte l'effet produit sur lui par la représentation à Moscou, de *l'Anneau des Nibelungen*, de Wagner, dont il eut le courage d'écouter un acte et demi :

« Tout le premier acte était si faux, si stupide, qu'il m'était inutile d'attendre la fin de l'opéra. Je me suis levé; mais des amis m'ont prié de rester, disant qu'on ne peut pas juger l'œuvre d'après le premier acte, et que le second serait meilleur.

« Pour moi, la question était résolue. Il n'y avait rien à espérer d'un auteur qui pouvait imaginer des scènes comme celles que je venais de voir, et qui blessaient si profondément le sentiment esthétique. On pouvait se dire d'avance : tout ce que cet auteur écrirait serait mauvais, parce qu'il ignore absolument ce qu'est un véritable d'art. Mais autour de moi l'enthousiasme était général, et, afin d'en connaître la cause, je suis resté pour le deuxième acte. »

Les premières scènes de ce deuxième acte sont aussi « bêtes, foraines et insupportables ».

« Au point de vue musical, c'est absolument inintelligible;

parfois, des bribes, des espérances de pensées qui ne se réalisent pas, et ces commencements fugitifs sont eux-mêmes tellement obscurcis par des complications harmoniques, par des effets de contraste et par le malaise que cause l'invraisemblance de l'action, qu'il est difficile, non seulement d'en être impressionné, mais encore de les remarquer.

« L'effet qui domine tout, c'est le parti-pris de l'auteur ; dès le début jusqu'à la fin, on voit et on entend non pas Siegfried, ou les oiseaux, mais seul l'Allemand de mauvais ton et de mauvais goût, suffisant, qui a la notion, la plus grossière et la plus barbare, de la poésie et qui veut nous transmettre sur elle ses idées fausses avec les moyens les plus primitifs...

« ... N'y tenant plus, je me suis précipité vers la porte avec un sentiment de dégoût que je n'ai pu oublier jusqu'ici. »

Et c'est à ce spectacle « fou » que la fleur de la société moscovite assiste avec enthousiasme, persuadée qu'elle est témoin de la manifestation suprême du grand art. Or, ces milliers d'hommes ne sont que l'infime partie des adorateurs de Wagner. A Bayreuth, sanctuaire de cet art, se précipite de tous les coins du monde une foule choisie pour suivre stoïquement et avidement à la fois, pendant quatre jours, les péripéties de l'action et le développement de la musique wagnérienne.

Il faut dire que le succès prodigieux de Wagner s'explique par la réunion, dans sa manière de faire, de tous les défauts, de tous les procédés de l'art imitatif : l'emprunt, l'ornementation, l'effet et l'attrait. Sous ce rapport, Wagner est le représentant le plus parfait de l'esthétique moderne, le maître incontesté et incontestable de la science actuelle du beau, du goût des hautes classes.

L'art vrai n'a pas besoin de ces moyens extérieurs d'action. Mais comment le reconnaître ? Quel est le terme de son appréciation ? Il en existe un, et il est certain : la contagion artistique.

« Si un homme après avoir lu, entendu ou vu une œuvre d'un autre homme éprouve un sentiment qui l'unit à ce dernier et à ceux qui reçoivent la même impression, l'œuvre qui a provoqué cet état d'âme est du domaine de l'art...

« ... La qualité principale de cette sensation est que celui qui la reçoit se confond tellement avec l'artiste, qu'il croit l'œuvre sienne et que les sentiments qu'elle contient sont ceux qu'il aurait voulu depuis longtemps exprimer... C'est dans cette union intime de l'artiste avec les autres hommes qu'est la force attractive et la qualité de l'art. »

En outre, le degré de la contagion artistique est aussi celui du mérite de l'œuvre.

« *Plus la contagion est intense, mieux est l'art, l'art en lui-même, indépendamment de son fond, c'est-à-dire du mérite des sentiments qu'il transmet.*

« L'art devient plus ou moins contagieux, grâce à trois conditions : 1° la nouveauté plus ou moins grande du sentiment exprimé ; 2° la transmission plus ou moins nette de ce sentiment ; et 3° la sincérité de l'artiste, c'est-à-dire la force du sentiment qu'il a éprouvé... »

La troisième qualité est la principale et implique même les deux autres. En effet, il faut que l'artiste écrive, chante ou joue pour lui-même, et alors il est certain de produire également une impression sur les autres. C'est pourquoi la sincérité est la condition essentielle d'une œuvre d'art. Elle existe toujours dans l'art populaire, d'où la puissance de son action.

Quant au mérite de l'œuvre, indépendamment de son sujet, il est apprécié suivant le degré de la nouveauté, de la netteté et de la sincérité du sentiment exprimé.

Vient la question du fond de l'œuvre. Comment l'apprécier à son tour ? Quel est le sujet bon et quel est le mauvais ?

L'art est comme la parole, nous le savons, un des moyens de communion entre les hommes ; il est donc aussi celui de la marche de l'humanité vers la perfection. De même que, grâce à la parole, progressent les connaissances et que les fausses et les inutiles sont peu à peu remplacées par les vraies et les nécessaires, grâce à l'art, évoluent les sentiments, et les mauvais et les inférieurs sont remplacés par les bons et les supérieurs. Si l'œuvre d'art, quant au fond, remplit cette mission, elle est parfaite.

Enfin, la base du jugement de la qualité même des sentiments rendus est la conscience religieuse la plus avancée de chaque époque. Elle est nette chez certains conducteurs spirituels de peuples, toujours latente et plus ou moins vivace dans la foule.

« La conscience religieuse d'une société est comme le lit où coule le fleuve. Si le fleuve se meut, il suit une direction ; si la société vit, elle a une conscience religieuse qui lui indique la direction que suivent, plus ou moins sciemment, tous les membres de la société.

« Aussi, la conscience religieuse a toujours existé et existe dans chaque société. C'est conformément à cette conscience que les sentiments exprimés par l'art ont été jugés.

« Par exemple, chez les Grecs on appréciait l'art qui provoquait les sentiments de beauté, de force, de courage (Hésiode, Homère,

Phidias), on condamnait et on méprisait celui qui transmettait les sentiments de grossière sensualité, d'abattement et de mollesse (efféminité). Les Juifs encourageaient l'art qui manifestait les sentiments de fidélité et de soumission à Dieu, à ses lois (certaines parties de la Genèse, les prophéties, les Psaumes), et condamnaient celui qui inspirait les sentiments d'idolâtrie (le Veau d'or). Quant aux autres œuvres, — récits, chants, danses, ornementations, — qui n'étaient pas contraires à la conscience religieuse, on ne s'en occupait pas.

« Je sais, dit Tolstoï, que, d'après l'opinion répandue aujourd'hui, la religion est une superstition, qu'elle est déjà surannée et que, par suite, il n'existe actuellement aucune conscience religieuse commune à tous les hommes et d'après laquelle on pourrait apprécier l'art...

« Ceux qui ne reconnaissent pas le sens véritable du christianisme et qui inventent diverses théories philosophiques et esthétiques pour se cacher à soi-même le non-sens et la fausseté de leur vie, ne peuvent pas penser autrement. Intentionnellement ou non, ils confondent le culte religieux avec la conscience religieuse, et ils croient qu'en niant l'un ils nient l'autre...

« ... Si l'humanité marche, progresse, il doit, nécessairement, y avoir une force indicatrice de ce mouvement. Cette force a toujours été la religion. Toute l'histoire du progrès humain le démontre. Si donc le progrès ne peut s'accomplir sans la direction de la religion, — l'humanité avance toujours, — il doit y avoir une religion de notre époque...

« L'art vraiment chrétien n'a pu s'établir pendant longtemps parce que la conscience chrétienne n'a pas été un de ces pas qui font avancer régulièrement l'humanité, mais a été une révolution profonde qui doit changer, si elle ne l'a pas encore changé, la conception et toute l'organisation de notre vie...

« ... La conscience religieuse de nos jours, dans son acception la plus générale et la plus pratique, est celle du bonheur matériel et moral, particulier et commun, temporaire et éternel, réalisé par la fraternité et l'union de tous les hommes. Cette conscience se manifeste, sous diverses formes, chez les meilleurs hommes de notre temps et sert déjà de guide à l'humanité dans son travail complexe pour arriver, d'une part, à la suppression d'obstacles physiques et moraux qui empêchent l'union des hommes, et, de l'autre, au triomphe des idées en faveur de l'établissement de la fraternité universelle. C'est cette conscience qui doit nous guider dans l'appréciation de tous les phénomènes de notre vie, parmi lesquels notre activité artistique. »

Or, le mal d'aujourd'hui n'est pas tant dans la méconnaissance du véritable art, fondé sur cette conception de la fraternité, que dans la reconnaissance, à sa place, d'un art faux, n'ayant pour but que le plaisir de certains, et qui, par son exclusivisme même, est contraire au principe chrétien de l'union universelle, conscience religieuse de notre temps.

« ... La conception chrétienne a donné une nouvelle direction à tous les sentiments des hommes et a modifié aussi complètement la signification de l'art. Les Grecs ont pu profiter de l'art des Perses, les Romains de celui des Grecs, les Juifs de celui des Egyptiens : leur idéal principal était le même. C'était la grandeur et le bonheur des Perses, des Grecs ou des Romains. Le même art était transporté dans d'autres conditions et s'y adaptait. Mais l'idéal chrétien a transformé, a révolutionné tout, au point que, comme le dit l'Evangile : « Ce qui était grand devant les hommes « est devenu vil devant Dieu. » L'idéal, ce n'était plus la grandeur du Pharaon ou de l'empereur romain, ce n'était plus la beauté du Grec ou la richesse de la Phénicie, c'étaient : l'humilité, la chasteté, la charité, l'amour. Le héros, ce n'était plus le riche, mais le pauvre Lazare, c'était Marie l'Egyptienne, non pas au temps de sa beauté mais de son repentir; ce n'étaient pas les acquéreurs de richesses, mais ceux qui les distribuaient; non pas les hôtes des palais, mais ceux des catacombes et des masures. Le produit d'art supérieur n'était plus le temple de la victoire où se dressaient les statues des vainqueurs, mais l'expression de l'âme humaine régénérée par l'amour, au point que l'homme martyrisé a eu pitié de ses bourreaux et leur a pardonné.

« La conception chrétienne consiste en ce que tous les hommes sont fils de Dieu et que, par suite, il doit exister une union entre eux et avec Dieu, comme le dit l'Evangile (Saint Jean, xvii, 21). C'est pourquoi le fond de l'art chrétien doit être des sentiments qui aident à l'union des hommes avec Dieu et entre eux.

« L'expression : *l'union des hommes avec Dieu et entre eux* peut paraître obscure à ceux qui ont entendu abuser de ces mots, et cependant ils ont une signification fort nette. Ils signifient que l'union chrétienne entre les hommes, — contrairement à l'union particulière, exclusive de quelques-uns, — est ce qui réunit tous les hommes sans exception. »

L'art a précisément cette qualité d'unir les hommes. L'art exclusif d'aujourd'hui l'a perdue, puisqu'il désunit et devient même une source d'animosité en créant des privilégiés. Seuls les nobles sentiments de fraternité, et ceux, plus simples, éprouvés par tout être humain : la joie, l'attendrissement, le courage, etc., réunissent les cœurs et produisent par suite, dans une œuvre d'art, une heureuse influence. En effet, chacun est satisfait de ce que son prochain partage ses sensations; de ce que, non seulement les présents, mais tous les vivants, reçoivent la même impression que lui; « plus encore : il éprouve une sorte de joie mystérieuse, d'une communion extraterrestre avec tous les hommes du passé qui ont vécu le même sentiment, et avec les hommes de l'avenir qui le vivront. »

Partant de cette définition de l'art vraiment chrétien, Tolstoï divise les œuvres artistiques en deux catégories principales : 1° celles qui expriment les sentiments d'union en Dieu, — l'art proprement religieux avec ses deux subdivisions : les œuvres qui affirment le principe, et celles qui combattent pour son triomphe; 2° celles qui expriment les sentiments quotidiens communs à tous les hommes, — l'art profane; celui-ci comprend à son tour deux divisions : l'art universel, accessible à tous les hommes de la terre, et l'art national, qui appartient à une seule époque et à une seule nation, mais général à cette époque et à cette nation.

Et cette fois Tolstoï ne se contente plus de rejeter, parmi les œuvres existantes, celles qui ne remplissent pas le rôle qu'il leur attribue, mais donne des indications positives sur celles qui sont conformes au principe, du moins en partie.

« Si on me demandait, dit-il, de désigner dans l'art nouveau les modèles qui réalisent la conception religieuse supérieure, découlant de l'amour pour Dieu et pour son prochain, ou la conception inférieure (qui combat les abus), je citerais, dans les lettres : *les Misérables* et *les Pauvres gens*, de Victor Hugo, presque toutes les nouvelles, récits ou romans de Dickens : *Tale of two cities*, *Chimes*, etc.; *la Case de l'oncle Tom*; *la Maison des morts* et quelques autres romans de Dostoïevsky; *Adam Bid*.

« Dans la peinture moderne, si étrange que cela paraisse, il n'existe presque pas, surtout chez les peintres célèbres, d'œuvres qui communiquent les sentiments chrétiens pour Dieu et pour son prochain. Il y a des toiles avec des sujets évangéliques, elles sont même nombreuses, mais toutes représentent l'événement historique avec une grande richesse de détails, et non le sentiment religieux que les auteurs n'éprouvent pas. Il existe un grand nombre de tableaux exprimant les sentiments personnels divers, mais non les actes d'abnégation, de charité chrétienne. Parfois, rarement, on rencontre chez des peintres peu connus des œuvres qui expriment les sentiments de compassion, de pitié. Je me rappelle, par exemple, le tableau de Langley : un petit mendiant

auquel une femme charitable a donné à manger et que regarde
attentivement, le menton dans ses mains, une fillette de cinq ans.
Je me souviens encore du tableau du peintre français Morlon et qui
représente un bateau de sauvetage courant au secours d'un navire
naufragé. Il y a encore des peintures du même genre où est traité,
avec une évidente sympathie, l'homme de labeur; tels sont :
l'*Angelus* de Millet, surtout son *Laboureur au repos;* les tableaux
de Jules Breton, Lhermitte, Defregger, etc.

« Les modèles des œuvres qui provoquent l'horreur devant
la violation de la loi de l'amour pour Dieu et pour son prochain,
sont : le tableau de Gay (peintre russe), *le Jugement;* celui de
Liezen Mayer, *la Signature de l'arrêt de mort.*

« Même dans ce genre, les tableaux sont peu nombreux, le
souci de la technique et du joli effacent le sentiment. Ainsi,
Pollice verso de Gérôme n'exprime pas tant l'indignation devant ce
qui se passe dans l'arène que l'entraînement de l'artiste devant la
beauté du spectacle.

« Quant aux modèles de l'art bon de la deuxième catégorie,
l'universel ou seulement le national, ils sont plus difficiles encore
à indiquer, surtout dans les domaines des lettres et de la musique.
S'il se trouve des œuvres qui, pour leur fond, — comme *Don
Quichotte*, les comédies de Molière, *David Copperfield* et les
Aventures de Mr Pickwick, les nouvelles de Gogol, de Pouschkine, ou certaines œuvres de Maupassant, même les romans de
Dumas père, — pourraient être comprises dans cette catégorie,
elles sont pour la plupart accessibles seulement à un cercle limité
d'hommes, et cela à cause des sentiments exceptionnels qu'elles
expriment, de l'abondance de détails, de temps et de lieux, et,
surtout, à cause de la pauvreté du fond comparativement aux
modèles de l'art universel antique, par exemple l'histoire de Joseph.
La jalousie de ses frères, sa vente aux marchands, la tentative
de séduction de la femme de Putiphar, l'arrivée du jeune homme
à une haute situation, sa pitié pour ses frères, etc., sont des faits
qui provoquent les mêmes sentiments chez le moujik russe, chez le
Chinois et l'Africain, chez l'enfant et le vieillard, l'homme instruit
et l'ignorant, et tout le récit est écrit avec tant de réserve, une
telle absence de détails, qu'on peut transporter son action dans
n'importe quel autre milieu sans qu'il cesse d'être compréhensible
et touchant.

« Tout autres sont les sentiments de don Quichotte ou des héros
de Molière (bien que Molière soit peut-être le plus universel et, par
suite, le meilleur représentant du nouvel art) et surtout de Pickwick et de ses amis : sentiments fort exclusifs; aussi, pour les

rendre communicatifs, contagieux, les auteurs les ont entourés de force détails accessoires. Or, c'est la minutie dans la description qui fait ces récits peu compréhensibles pour les hommes étrangers au milieu décrit par l'auteur... »

« En musique, outre quelques marches ou danses de divers compositeurs, on peut indiquer comme répondant aux exigences de l'art universel profane, le célèbre air pour violon de Bach, le nocturne en cé dur de Chopin, et peut-être une dizaine de morceaux, non pas entiers, choisis parmi les œuvres de Haydn, Mozart, Weber, Beethoven et Chopin... »

« ... Dans la peinture, je puis citer comme exprimant des sentiments naturels, les tableaux de genre; ceux des Hollandais, de Knaus, de Votier, etc.; ceux qui représentent les animaux, les paysages. Les œuvres de l'art universel sont assez nombreuses; en outre, l'art japonais peut servir d'excellent modèle à cette catégorie. »

En donnant ces indications, Tolstoï fait observer, dans une note, qu'il serait imprudent de les accepter sans réserves, parce que, d'abord, il n'est pas assez compétent dans les divers arts, et ensuite parce qu'il appartient « à la classe des hommes au goût faussé par l'éducation ». Il peut donc se tromper, en attribuant du mérite à une œuvre qui a produit sur lui une forte impression dans sa jeunesse. Tolstoï va même jusqu'à faire son *med culpa* d'artiste : « Je range dans l'art mauvais mes propres œuvres d'imagination, sauf le récit : *Dieu voit la vérité*, qui a la prétention d'appartenir à l'art religieux, et le *Prisonnier du Caucase*, à l'art universel profane. » C'est l'auteur de *Guerre et Paix*, de *Anna Karénine*, *Mes Mémoires*, etc., qui condamne ainsi les écrits auxquels il doit sa renommée universelle de romancier; mieux : cette sévérité s'étend jusqu'à ses plus récents drames, contes et nouvelles, où il a précisément voulu réaliser la théorie esthétique fondée sur « la conception la plus élevée de la vie ».

Quoi qu'il en soit, tout art qui désunit et rend les hommes incapables d'éprouver les plus nobles sentiments de l'époque, doit être rejeté, méprisé, et non encouragé comme dans notre société cultivée, qui, soustraite à l'action bienfaisante de l'art vrai, devient de plus en plus barbare, grossière, cruelle et débauchée, malgré tous les moyens de civilisation extérieure qu'elle possède. L'existence de cette société privilégiée, pleine de préoccupations et de sentiments contre nature, est également de mauvais exemple pour la masse, qui voit glorifier et honorer les indignes.

Il résulte de tout ce qui précède qu'à la question posée par

Tolstoï au début de son écrit, si l'existence de l'art exclusif, — auquel on fait tant de sacrifices, — est nécessaire, on ne peut que répondre : non. C'est la réponse du bon sens et du sentiment moral. Il faut donc faire tout pour anéantir cet art nuisible, un des fléaux de l'humanité. Et ce sera, dit-il, la tâche des meilleurs d'entre nous.

Mais, feront observer les artistes d'aujourd'hui, « il nous est impossible, avec notre développement actuel, de retourner à l'état primitif. Il nous est impossible d'écrire, à notre époque, des histoires comme celle de Joseph ou comme l'*Odyssée*, de sculpter des statues comme la *Vénus* de Milo, de composer une musique comme les chants populaires. »

En effet, l'artiste moderne n'est pas en état de produire des œuvres pareilles. Mais de vrais artistes, non des professionnels, ayant des sentiments naturels à exprimer, vivant de la vie infiniment variée et active de tous, s'inspirant de l'idéal le plus élevé du moment, travailleront à la perfection progressive de toute l'humanité.

Et Tolstoï déclare dans sa conclusion :

« J'ai accompli comme j'ai pu le travail qui m'occupe depuis quinze ans et sur un sujet qui m'est familier : l'art. »

L'auteur veut dire, non pas qu'il est resté occupé pendant quinze ans à ce travail, mais que le sujet l'a hanté aussi longtemps.

« Aujourd'hui, j'ai fini cette étude, et, si incomplète qu'elle soit, j'espère que ma pensée fondamentale relative à la fausse voie que suit l'art de notre société et à sa cause, ainsi que ma définition du véritable art, sont justes et que ma peine ne sera pas perdue. »

Enfin, dans les dernières pages de sa conclusion, l'auteur soulève également la question des connaissances scientifiques, subsidiaire, à son avis, à celle de l'art : « La science et l'art, dit-il, sont aussi liés que les poumons et le cœur ; au cas où l'un de ces organes est faussé, l'autre ne peut pas fonctionner régulièrement. » Or, la science d'aujourd'hui n'est pas moins fausse et nuisible que l'art. Il faut donc s'employer à régénérer l'une et l'autre, et suivant les mêmes principes et les mêmes moyens.

« A notre époque la conception religieuse commune à tous les hommes est celle de la fraternité et du bonheur dans l'union. La véritable science doit indiquer les divers moyens de l'application pratique de cette conception. L'art doit le faire assimiler par le sentiment ; il doit, à l'aide de la science, guidé par la religion, réaliser la cohabitation paisible des hommes par l'action libre et allègre de tous et non pas par des moyens extérieurs : les tribunaux, la police, les institutions de bienfaisance, l'inspection des fabriques, usines, ateliers, etc. L'art doit supprimer la violence... »

La science découvrira peut-être un jour à l'art un idéal nouveau et plus élevé; mais, actuellement, la mission de l'art semble à Tolstoï nette et définie : la réalisation de l'union fraternelle entre les hommes.